° Time is an important theme,
esp w regards to suspense.

Marie Nimier

Domino

Gallimard

Marie Nimier est née par un mois d'août torride à l'hôpital Saint-Antoine, Paris XIIe. Elle commence à quinze ans une carrière chaotique de comédienne et de chanteuse, participe aux créations théâtrales et musicales du Palais des Merveilles, de Pandemonium and the Dragonfly (États-Unis) et des Inconsolables. Elle aime se promener dans les ports, les gares, les jardins publics, les marais salants, les îles, et surtout rester de longues heures enfermée, assise à une table de travail, loin.

Elle écrit à la main et joue de l'accordéon diatonique.

Elle a déjà publié huit romans traduits pour certains en Allemagne, aux Pays-Bas, en Angleterre, en Italie, en Grèce, au Japon et aux États-Unis : *Sirène* en 1985 (couronné par l'Académie française et la Société des Gens de Lettres), *La girafe* en 1987, *Anatomie d'un chœur* en 1990, *L'hypnotisme à la portée de tous* en 1992, *La caresse* en 1994, *Celui qui court derrière l'oiseau* en 1996, *Domino* en 1998 et *La nouvelle pornographie* en 2000, ainsi qu'un monologue théâtral, *Mina Prish*, des nouvelles aux Éditions Hazan et des livres pour enfants, dont *Une mémoire d'éléphant* (Gallimard Jeunesse) et *Les trois sœurs casseroles* (Albin Michel Jeunesse).

À Solitude

Et je le foulerai aux pieds, je danserai sur son cadavre, je me ferai de ses os un jeu de dominos!

HONORÉ DE BALZAC
Ursule Mirouët

1

Tes mains sont des pays qu'habitent les caresses, jamais je n'ai aimé, jamais je n'ai connu, tu es le premier homme à me donner l'espoir, à me donner l'envie, tes mains, tes paumes, tes doigts et cette petite peau entre les doigts, cette bague en argent que tu portes à l'index, mais d'où vient cette bague? J'aime la faire glisser, j'aime la prendre dans ma bouche, je me souviens de la première fois où tu m'as emmenée, tu marchais, je rêvais, cela n'avait pas de fin. Nous sommes allés dans un grand jardin. Il y avait des statues et peu de monde, une fillette en patins à roulettes, deux ou trois chiens et leurs maîtres, bientôt un garçon qui se battait contre des ennemis imaginaires avec un bout de bois bien poli, bien raide. Tu m'as entraînée encore plus au fond, loin des grilles, loin de la fontaine. Mes talons s'enfonçaient dans la terre. Nous nous sommes allongés sur la pelouse interdite, derrière les thuyas. Tu ne me touchais pas. C'était insupportable, cette promiscuité, cet éloignement, j'avais envie de saisir ta main et de la mordre. Nous nous sommes levés en même temps, sans parler, nous avons pris un taxi pour nous enfermer au plus vite, chez toi. Portes claquées, celles de la voiture, celle de l'appartement. De la salive sur tes doigts, entre mes jambes, debout dans le couloir, comme si mon sexe avait besoin de ce sursaut d'humidité, mais non, il ne s'agissait pas de mouiller, mais de faire communier les liquides, de mettre l'eau des humeurs à la bouche avant d'entendre ce petit bruit, ce clapotis qui accompagne le va-et-vient de la douce énorme, de la bête gentille, et tes lèvres encore qui caressent mes lèvres, mon front, mes paupières, je ne sais plus vraiment…

Nous sommes couchés par terre, j'ai envie d'enlever mon bras qui est resté sous ta tête, bientôt je ne sentirai plus rien pourtant je ne bouge pas. Cet homme que je connais à peine, je n'ose pas le déranger. Je ne sais pas encore que cela peut durer, cette tendresse infinie qui vous oblige à tout supporter, tout aimer, au point de perdre le sens de soi-même, le sens de son corps, supporter d'avoir un membre mort, une peau farcie de coton serré. Je me souviens de cet instant précis où pour la première fois j'ai pensé : je suis blanche — puis l'opacité même s'est estompée. Je suis devenue le poids d'un autre, la chair d'un autre, sa respiration. Je suis devenue transparente.

Le lendemain, dans la cuisine où il préparait du café, Silvio m'a avoué que nous n'étions pas chez lui, mais chez Kristen, une amie qui était partie en vacances. Elle lui avait confié les clefs de son appartement pour qu'il s'occupe des plantes. Il avait l'air gêné. Je l'ai rassuré, mais c'est vrai que j'étais déçue. Silvio connaissait la place des choses, dans les placards, et il n'a pas voulu que je fasse la vaisselle du petit déjeuner. Pas même que je ramasse les bols. Nous avons tout laissé sur la table, en vrac, comme des enfants gâtés, et nous sommes ressortis : je devais aller travailler. Silvio m'a accompagnée jusqu'au bureau. Je n'ai pensé qu'à lui, bien sûr, en dépouillant le courrier. J'ai pris du retard et le directeur commercial me l'a reproché. Vous n'êtes pas en avance, ma petite Domino, qu'est-ce que vous fabriquez ? Ah ! ce que je déteste sa voix, je l'ai toujours détestée, et cette manie de renifler entre les phrases, sa lèvre supérieure remonte, il va éternuer, mais non : il ravale. Depuis qu'il m'appelle par mon prénom, j'ai l'impression d'être sa bonniche. Au début, pour l'ensemble du personnel, vous êtes Mademoiselle, et c'est mieux ainsi — le personnel, quelle drôle de façon de nous définir ! Quoi de plus impersonnel que le personnel d'une société anonyme ? Encore un mot qui dit une chose et son contraire sans que quiconque s'en soucie. Les jours passent, les données sont entrées dans l'ordinateur, l'imprimante les recrache, les enveloppes sont autocollantes et le distributeur de boissons régulièrement en panne. Les chèques doivent être vérifiés avant d'être mis à l'encaissement. Voilà le genre de phrases que tout le monde comprend. Quand j'entends « ma petite Domino », je sais que le directeur commercial va me demander une faveur. Ce jour-là, il s'attendait que je reste entre midi et deux pour liquider la pile de factures.

Moi, j'avais mieux à faire.

J'ai pris le bus. Je suis retournée dans le jardin. L'air était doux pour la saison, j'avais envie de me promener. Deux gamines au regard clair jouaient à l'élastique au milieu de l'allée où, pour la première fois, nous nous étions embrassés. Elles se ressemblaient beaucoup, sautaient du même pied. J'aurais bien aimé avoir une sœur. Mes parents disaient que je leur suffisais, je n'ai jamais très bien compris ce que recouvrait ce terme. Occupais-je déjà trop de place ? Mes parents se sentaient-ils comblés, ou envahis par leur fille unique ? Leur avais-je coupé l'appétit ?

Une odeur de transpiration me ramena à la réalité. Je contournai la pelouse interdite. J'avais l'impression d'être suivie. J'accélérai le pas. Près de la fontaine, un homme maigre m'aborda. Il devait avoir trente, trente-cinq ans, à peu près ton âge. Il nous avait vus ensemble, la veille. Il te cherchait. Pourquoi mettait-il sa main sur mon épaule ? J'ai tout de suite pensé qu'il te voulait du mal. Je me suis dégagée, laissez-moi tranquille, vous devez vous tromper, c'est la première fois que je viens ici, il m'a saisi le poignet et d'un coup sec m'a tordu le bras. Il ne fallait pas se moquer de lui. J'ai crié très fort, je n'ai pas appelé au secours, non, j'ai juste crié et cela m'a fait rougir parce que ce son qui était sorti de ma bouche, cette longue voyelle, évoquait bien autre chose que la manifestation d'une douleur. L'homme n'a pas insisté, il est parti en courant, je ne savais pas quoi dire aux gens qui s'étaient approchés de moi — plus de monde qu'hier, pique-nique sur les bancs, promenade entre deux cours, entre deux rendez-vous, au moins onze ou quinze témoins. Trois qui se mobilisent vraiment, trois femmes, trois citoyennes. C'était qui, ce type, vous le connaissiez?

Non, je ne le connaissais pas, je ne l'ai jamais vu. Une tête comme la sienne, ça ne s'oublie pas. Merci, je vous assure, pas besoin d'être aidée, je vais parfaitement bien, pas besoin d'être protégée — regard surpris de mes anges gardiens qui remballent leurs ailes, un peu vexées. Le trio se disloque, les spectateurs s'éloignent, je sens bien qu'ils m'en veulent de les avoir alertés pour rien. Je repense à toi, à la douceur de tes paumes et je leur souris. Je souris à la vieille dame qui tricote sur le banc, je souris aux mères de famille, je souris aux anges et on se dit : tiens, encore une allumée. On passe de la solidarité à la méfiance, de la méfiance à la pitié ou à l'indifférence, on se referme sur soi, les yeux baissés, on finit sa rangée. La grand-mère rajuste ses lunettes et le cliquetis reprend, point mousse d'un côté, mastication de l'autre, chacun poursuit sa petite activité de la mi-journée.

J'arrivai au travail avec vingt minutes de retard. Le directeur commercial attendit la fin de la journée pour me convoquer. Il me reprocha mon manque de sérieux, de ponctualité, mon individualisme, je ne sais quoi encore, je l'écoutai d'un air absent. Il insista. Je lui racontai que je m'étais évanouie dans la rue en allant chercher un sandwich, pendant la pause, j'avais mal partout, à la tête, aux articulations. Son visage a changé, comme ces biberons de poupée qui se remplissent de lait quand on les retourne, il s'est adouci, puis par contagion ses épaules se sont affaissées, son ventre s'est arrondi — un peu plus le directeur commercial me touchait le front pour voir si je n'avais pas de fièvre. Après quelques secondes d'observation bienveillante, il posa son diagnostic : vous devez couver quelque chose, dit-il d'un air averti.

Oui, c'était cela, je couvais quelque chose, comment avait-il deviné ? Je te couvais de mes pensées, je te couvais de tout mon corps, je te pressais, je te pinçais, je te retournais pour te couvrir par-derrière, mes doigts remontaient le long de ta colonne vertébrale et ça ne ressemblait à rien, cette façon de s'apprivoiser. C'était à la fois trop lent et trop profond. Tu soupirais. Le directeur commercial me laissa partir avec un quart d'heure d'avance. J'en profitai pour passer chez moi. J'avais envie de me changer. Je mis une robe noire, assez courte, et légèrement transparente.

Silvio m'attendait à sept heures, ainsi que nous en étions convenus, devant la statue équestre de la place des Abris. Je n'ai pas trouvé le courage de lui parler de l'homme maigre. Je ne voulais pas tout gâcher. Silvio me conduisit dans un quartier résidentiel, à l'autre bout de la ville, en taxi de nouveau — l'argent ne manquait pas, j'étais fascinée par la façon dont Silvio sortait les billets de cinq cents francs de son portefeuille, comme s'il s'agissait de menues coupures. Il laissa un pourboire démesuré au chauffeur. Ce dernier, surpris, se retourna vers moi et je faillis tendre la main pour récupérer la monnaie.

Silvio me tenait la portière, remarqua-t-il mon hésitation ? Je voyais sa poche, le renflement de sa poche, et sa braguette aussi, joliment encadrée par les deux pans arrondis de sa veste, comme des rideaux de scène. Nous étions au théâtre, rien de tout cela n'était vrai. En descendant de voiture, je mis le pied dans le caniveau. Je me souviens de l'impression désagréable de cette eau qui s'était infiltrée dans ma chaussure, entre la semelle et la peau.

Il y avait beaucoup de monde sur le trottoir, à mesure que nous avancions, c'était étourdissant, de plus en plus de gens et pourtant le niveau sonore restait faible, mesuré. Le décalage entre ce qui se voyait et ce qui s'entendait me troublait plus que de raison. On fêtait en silence quelque chose que je ne comprenais pas. Un mot revenait sans cesse à mon esprit, ankylosé, ankylosé, il me mettait mal à l'aise, cette pâleur, cette anesthésie, je ne reconnaissais rien, j'avais envie de pleurer. Tout était si joli, si net. La pierre de taille, les digicodes, même les caniveaux semblaient récurés au tampon. Les rues répondaient à des noms gracieux, avenue de la Providence, rue des Solitaires, boulevard des Deux-Marrons. Les passants étaient bien coiffés, petites filles aux cheveux tressés avec des rubans, jeunes garçons à la mèche tombante, juste ce qu'il faut, ça sentait la chair bien nourrie, l'artisanat de qualité, les crèmes de beauté, l'aisance, c'est cela, la peau souple des familles aisées. Des papas portaient leur nourrisson dans des sacs kangourous de parfaite conception. On voyait les jambes potelées bringuebaler de part et d'autre, les pieds couronnés de chaussons colorés, la main de l'homme soutenant la nuque de l'enfant. J'imaginais mal mon père me trimbalant ainsi, sur son ventre, devant tout le monde. Lorsque nous allions en ville, je devais avoir quatre, cinq ans, il me tenait en laisse. C'était une vraie laisse de chien, accrochée entre nos deux ceintures, pas un harnais comme j'en verrais plus tard, et si je marchais un peu trop vite la lanière se raidissait, formant entre nous un lien tangible que les passants regardaient avec un brin d'étonnement. J'aimais bien cette chose qui me prenait la taille, j'ai toujours aimé être maintenue. Je racontai cela à Silvio, il m'entoura de ses bras et me serra contre lui. Une jeune femme en saharienne, stationnée près d'une boulangerie, nous adressa un sourire. Elle devait se demander ce que tu me trouvais. Je me sentais minable avec ma robe à godets, trop courte, et cette impression de mouillé dans la chaussure. Silvio m'entraîna sous le porche d'une bibliothèque installée dans un ancien hôtel particulier. Au centre du bâtiment s'ouvrait une grande cour plantée d'arbres. Sur une estrade entourée de fanions en tissu, pas en plastique, une jeune femme lisait un texte. (Elle ne savait pas se servir du micro, on entendait mal, trop fort, puis, comme elle s'éloignait, surprise par le son de sa propre voix, les mots se faisaient sourds, les queues de phrases fuyantes, incompréhensibles.) Elle y mettait du cœur pourtant et c'était un peu triste de la voir s'appliquer, rythmant l'action de sa main libre — l'autre tenant les feuillets noircis d'une écriture en pattes de mouche, la sienne probablement. Elle portait une jupe noire et un chemisier zippé. Je n'aimais pas la façon dont Silvio regardait cette femme. Trop fixement, peut-être, fasciné par l'immobilité parfaite de ses jambes. Lorsque je lui demandai s'il la connaissait, il posa son index sur ses lèvres. La lectrice parlait des relations orageuses entre un frère et sa sœur. Je n'arrivais pas à me concentrer sur le récit. Les phrases étaient compliquées, elles n'en finissaient pas, les informations s'émiettaient, et puis soudain, sans que rien l'annonce, l'histoire se figea dans un silence nécessaire.

Les auditeurs marquèrent un temps de pause avant d'applaudir. Silvio se glissa derrière un platane, comme pour se cacher. Il prit ma tête entre ses mains, je m'attendais qu'il m'annonce quelque chose d'important, mais non, il me demanda simplement de patienter cinq minutes ici, il allait acheter des cigarettes. Je le vis sortir de la bibliothèque, il courait presque, son empressement me fit sourire. La femme salua, l'organisateur s'approcha du micro pour la présenter, elle s'appelait Catherine Claire — les applaudissements redoublèrent, puis cessèrent d'un coup, comme s'il s'agissait d'une erreur. Catherine Claire, puisque tel était son nom, échangea quelques mots avec l'organisateur. Il semblait content de sa prestation. Je la vis récupérer un cabas vert derrière les enceintes. Je la trouvais drôlement habillée pour un écrivain. Ses pieds étaient très cambrés dans de grosses mules à talons cloutés. Malgré la coupe de sa jupe, bien ajustée au niveau des hanches, on ne distinguait aucune marque de sous-vêtement.

Catherine Claire se dirigea vers la sortie. Personne ne l'arrêta pour la féliciter, ou lui demander de dédicacer un livre. Des musiciens en costume médiéval s'installaient sur le podium. J'avais envie de m'asseoir, il y avait des bancs en pierre vers le fond, mais je n'osais m'éloigner du platane. Enfin Silvio reparut, l'air soucieux, curieusement ailleurs. Je me collai contre lui, il ne bougea pas. Je glissai ma main dans la sienne, il ne la serra pas. Je ne sais où j'ai trouvé le courage de me détacher de son corps. Je l'ai planté là, près de l'arbre, sous prétexte d'aller boire quelque chose de chaud. Il n'a pas proposé de m'accompagner. Je lui ai parlé d'un café que j'avais repéré, en face de la bibliothèque, de l'autre côté de l'avenue des Charmes. Il essaya de me retenir, puis y renonça. Je réussis à traverser la cour sans me retourner. J'étais assez fière de moi, comme si je venais d'accomplir une prouesse. Je le vis demander du feu à quelqu'un (au dernier moment tout de même, avant de passer le porche, j'avais jeté un coup d'œil en arrière).

Le cabas vert de l'écrivain trônait sur une chaise du Café des Charmes. Je m'installai à la table voisine. Catherine Claire ne devait pas être loin. Le garçon prit ma commande, un grog, répéta-t-il d'une voix forte. J'avais un peu mal à la gorge, ce n'était pas le moment de tomber malade. Je savais que bientôt une main se poserait sur mon cou, la main de Silvio, je sursauterais pourtant — il ne pouvait en être autrement. Catherine Claire aurait regagné son siège, elle serait revenue des toilettes, et je verrais bien si vous vous connaissiez. Comment me présenterais-tu ? Domino, Dominique, une amie — ton amie ? Le grog était tiède, je le bus trop vite. J'en demandai un autre, plus chaud cette fois. Le serveur cligna de l'œil. Il me rapporta un breuvage fumant — ma tournée, précisa-t-il en faisant disparaître le ticket dans l'une des multiples poches de sa ceinture noire. Avais-je l'air si démunie ? Le garçon resta quelques minutes à mes côtés, en silence, avant d'oser engager la conversation. Finalement, il se jeta à l'eau : il voulait savoir de quelle façon j'écrivais — à la main ou directement sur l'ordinateur.

Moi aussi, ajouta-t-il, à mes heures perdues...

Tout s'expliquait, sa gentillesse, sa gêne : il me prenait pour quelqu'un d'important, il me prenait pour Catherine Claire. Nous étions menues toutes les deux, et nos cheveux avaient la même teinte, ce blond un peu trop franc des colorations maison. Le serveur insista, il aurait bien aimé me faire lire ses textes. Comme je lui dis qu'il se trompait, que je n'avais jamais rien écrit de ma vie, il m'abandonna en haussant les épaules. Il était déçu. Ou vexé. Il croyait que je le snobais. Son patron lui demanda de balayer la salle et le sac vert se retrouva brusquement sur la table devant moi. Où était Catherine Claire ? Je n'étais pas jalouse d'elle, juste curieuse. Je ne pus m'empêcher de regarder dans le cabas. Il y avait une bouteille d'eau minérale et plusieurs paquets de feuilles couvertes d'une écriture appliquée. Ils étaient là, offerts, simplement protégés par des pochettes en plastique coloré. N'importe qui aurait pu prendre un manuscrit au passage. N'importe qui, même moi.

Le garçon rangeait des verres derrière le bar. Son patron avait disparu. Je glissai ma main dans une des pochettes et, au hasard, en tirai quelques pages que je posai sur mes genoux. J'avais l'impression d'être à l'école, le serveur tenant lieu de maître. Ce que je lus complétait l'histoire du podium. Il s'agissait d'un récit plus personnel, moins travaillé, un fragment de journal intime, sans doute. Catherine Claire racontait comment un certain jeudi d'avril, elle avait quitté son frère et ses parents. Suivait une description minutieuse de la maison familiale, au moment où elle avait décidé de partir, un état des lieux plus exactement, comme si au fond ce n'était pas tant sa famille mais les objets de son enfance qu'il était where is she?

important de tenir à distance : la vasque de terre cuite, les traînées vertes au fond du lavabo, le dessus de lit à carreaux, l'aimant en forme de tigre, le casque de moto dans l'entrée ou le napperon sur la télévision.

Et ça continuait jusqu'au bas de la page, sans aller à la ligne, d'une écriture serrée. C'était fascinant, cette profusion de détails, ces couleurs, ces formes, toutes ces petites choses qui, accumulées, décrivaient le partage de plusieurs vies — le partage, c'est-à-dire à la fois la communion de ces vies, et leur séparation.

Je fus interrompue dans ma lecture par la voix du serveur. Je rangeai en vitesse les feuilles dérobées. Le café fermait. Où était Catherine Claire ? Que faisait Silvio, pourquoi n'était-il pas venu me rejoindre ? Il devait m'attendre dans la cour de la bibliothèque. Je regardai autour de moi. J'étais la dernière cliente. Le garçon insista pour que j'emporte les affaires de Catherine Claire, je vous assure madame, il faut sortir. Il me prenait de haut, il ne m'avait pas crue, pour lui j'étais l'écrivain, il n'y avait pas de doute possible. Je protestai, ce sac n'est pas le mien, et il répétait : bien sûr, bien sûr, comme s'il parlait à une poivrote. Je me retrouvai dans la rue, un peu étourdie. J'entendis le rideau de fer s'abaisser derrière moi.

Sur l'estrade, les musiciens jouaient à présent. Silvio les écoutait en balançant la tête, toujours appuyé contre l'arbre, mais de l'autre côté. Un jongleur en poulaines, le sexe bien pris dans un collant de satin vert, s'avança pour dire un poème. Il conciliait le rythme des balles et celui des vers d'une manière très personnelle, j'aimais bien cette façon chaotique de réciter. Je portais toujours le sac de catherine Claire. Je cherchai l'organisateur des yeux, sans succès. Il avait disparu. Silvio ne me posa pas de questions. Il m'attira contre lui. Je retrouvai sa bouche, le goût de sa bouche, j'avais l'impression de sortir d'un cauchemar. Tout ira bien maintenant, disait-il d'un ton paternel, tout ira bien, et je me demandais de quoi il voulait parler.

Nous sommes retournés dans le même appartement que la veille, chez Kristen. Silvio avait tout nettoyé pendant que j'étais au bureau. Un bouquet de roses était posé sur la table et un savon neuf, sans son papier, m'attendait dans la douche. Au beau milieu de la nuit, Silvio avait commencé à s'agiter. Il secouait les draps, il les froissait et finalement il me traita de salope, espèce de salope, répétait-il, pourquoi avoir raconté notre histoire à tout le monde ?

Silvio s'est mis sur le ventre, comme pour mieux écouter la réponse, le souffle suspendu, les mains crispées sur l'oreiller. Je lui ai caressé le dos, la nuque, la respiration a repris, régulière, et j'ai décidé que le lendemain je n'irais pas travailler.

extremely short chapter

2

Vers neuf heures du matin, quelqu'un sonna à la porte. Silvio n'était plus dans le lit. Il avait dû descendre acheter du pain frais ou des croissants sans prendre ses clefs. J'enfilai une chemise pour aller lui ouvrir.

L'homme maigre, celui qui m'avait tordu le bras dans le jardin, se tenait devant moi, sur le palier. Je voulus refermer la porte, mais il l'avait déjà bloquée avec son pied. Lorsqu'il me poussa dans l'appartement, je compris qu'il était préférable de ne pas lui résister.

Builds the tension with short chapter

3

À onze heures moins le quart, j'étais encore assise sur une chaise, au milieu du salon. L'homme maigre m'avait autorisée à téléphoner au bureau pour annoncer que j'étais malade. Le directeur commercial accueillit cette nouvelle sans surprise, il me l'avait bien dit, je couvais quelque chose. Silvio tournait autour de moi comme un animal en cage. Il prenait sa douche au moment où j'avais ouvert la porte d'entrée. Il n'avait pas entendu la sonnette.

L'homme maigre était debout un peu plus loin, calme, trop calme à mon goût, déterminé à obtenir ce qu'il voulait. Silvio lui devait de l'argent. Il nous mettait dans le même sac, tous les deux, et tu avais beau lui répéter que nous nous connaissions à peine, il ne semblait pas te croire. J'aimais bien l'idée que quelqu'un puisse nous lier de la sorte. Moi assise, toi accomplissant ta ronde et l'autre un peu en retrait, manipulant la situation. Il te demanda une cigarette et, comme tu m'en proposais une, au passage, pour le faire patienter, il me prit l'envie d'accepter. Je ne fume pas d'habitude, mais là, curieusement, j'avais besoin d'avoir un truc dans la bouche, un objet à sucer devant ces deux hommes, quelque chose entre la main et les lèvres, enfin je ne sais pas pourquoi j'avais très envie de toi. Tu t'es approché pour m'offrir du feu. Au lieu de me tendre ton briquet allumé tu as collé ta cigarette contre la mienne. Il y eut un temps d'incertitude, un moment suspendu que l'homme maigre ne supporta pas. Il donna un coup de poing sur le mur, ça ne fit pas beaucoup de bruit, pas assez à son goût, alors il répéta son geste sur la table. L'argent, il le lui fallait avant la fin du mois.

— On dirait que tu as oublié Tom, commença-t-il, mais Silvio ne le laissa pas poursuivre.

— Je n'ai rien oublié, tu m'entends : rien.

La moindre allusion à leur passé commun mettait Silvio hors de lui. L'homme maigre essaya de le calmer. Il ne te voulait pas de mal, au fond, il voulait juste récupérer son argent. Il te réclama un objet en dépôt, une preuve tangible de ta bonne volonté. Les clefs de la maison, par exemple, où étaient les clefs de Kristen ?

Tu désignas le couloir.

— Il y a sur le palier un extincteur. Un double

du trousseau est caché derrière. Je vais aller le chercher. Ça te suffit ?

L'homme lui ordonna de rester immobile : il ne lui faisait pas confiance, il préférait aller vérifier lui-même. La porte d'entrée s'ouvrit puis, dans un courant d'air, se referma. Tu me saisis par la taille et, posant ton index sur tes lèvres, me tiras en silence vers la cuisine. Une porte de service donnait sur un escalier étroit. J'ignore comment je ne m'étalai pas, nous descendîmes si vite. Quelque chose me retenait dans cet appartement, cet homme peut-être, le trio que nous composions, mais aussi le sac vert et les manuscrits abandonnés là-haut, Catherine Claire devait les chercher partout, pourquoi avait-elle disparu en laissant ses affaires dans le café, il fallait que je les dépose aux objets trouvés, ou que je les rapporte à la bibliothèque, enfin Silvio arrêta un taxi et me demanda si nous pouvions aller chez moi. Sans attendre ma réponse, il ordonna au chauffeur de démarrer. Sa voix était cassante, il m'en voulait d'avoir ouvert. Comment aurais-je pu savoir que ce n'était pas lui qui avait sonné ? L'homme maigre apparut dans le rétroviseur. Il tenait un paquet de feuilles à la main, il l'agitait en l'air. Nous n'eûmes aucune difficulté à le semer.

Je n'avais pas envie que Silvio se retrouve chez moi, c'était si petit, si cloqué, avec les toilettes à la turque sur le palier, la cuisine dans un placard, les cafards indélogeables et le voisin qui se raclait la gorge, et que je tousse, et que je me gargarise, on avait l'impression de vivre à l'intérieur de sa bouche avec ces murs de papier mâché plantés comme de mauvaises dents dans une moquette violette, j'avais honte. Silvio insistait, il désirait savoir où j'habitais, je donnai au chauffeur du taxi l'adresse de ma tante. Au moins, chez elle, il y avait du carrelage dans la salle de bains et de l'eau chaude qui s'évacuait par des conduits réglementaires.

Ma tante, la sœur de ma mère, était professeur d'éducation physique. Je la voyais assez souvent depuis que son mari était mort. Elle avait de la sympathie pour moi. Elle aurait aimé que je reprenne des études. Qu'allais-je inventer pour justifier notre arrivée ?

builds suspense

4

L'immeuble sentait le chou de Bruxelles, je priai pour que l'odeur ne vienne pas de chez ma tante. Le tapis s'arrêtait au deuxième étage, Silvio était à peine essoufflé, au cinquième une porte s'entrouvrit. Oui, les choux, c'était ici.

Pas question de rebrousser chemin, ma tante s'effaçait pour nous laisser entrer, vous tombez à pic, les amis que j'attendais pour le déjeuner se sont décommandés. Elle enleva sa moufle isolante à l'effigie du drapeau breton et serra vigoureusement la main de Silvio. Elle portait sous son cardigan un short de gymnastique. Ses pieds nus semblaient très petits au bout de ses jambes musclées. Sous prétexte d'aller mettre la table, je l'entraînai dans la cuisine. Je lui demandai de nous héberger pendant quelques jours (pas de questions, je t'en supplie), et ma tante n'en posa pas. Elle fut parfaite, aussi creuse, aussi évasive que possible. Elle nous installerait un coin dans le salon. Silvio avala avec appétit et les choux et les saucisses, il fit honneur aux cornichons maison et raconta des anecdotes piquantes, ma tante était ravie. En sortant de table, je proposai à Silvio d'aller prendre l'air. Il fallut envoyer ma tante en bas pour vérifier que l'homme maigre ne nous avait pas suivis. Elle partit en repérage, on aurait dit qu'elle avait fait ça toute sa vie, sur la pointe des pieds et rasant les murs, je crois que la situation l'amusait. Ma tante était grande lectrice de romans noirs. Elle en avait un mur entier dans sa chambre, en face de son lit.

a wink to the reader?

C'était au tour de Silvio de ne pas connaître le quartier. Il regardait tout, les devantures des magasins de colles et vernis, les étalages de fruits, les légumes qui venaient d'Afrique, les pistaches au kilo et les pyramides de conserves chinoises. Il me faisait rire. J'avais glissé ma main dans sa poche et je le caressais doucement. Il continuait à marcher comme si de rien n'était, mais moi je sentais bien qu'il y avait quelque chose. C'était même très présent, là, en pleine rue, incroyable que Silvio puisse encore avancer avec ça entre les jambes, je me demandais jusqu'où il allait tenir (cette question me donnait de l'allant), s'il serait capable de conclure en marchant. Peut-être m'entraînerait-il à l'écart, sous un porche, dans une cour, et, sans précaution aucune, soulèverait ma robe. Ensuite, il faudrait mettre un mouchoir pour que ça ne coule pas, mais les hommes n'ont plus de mouchoir, et Silvio poussait maintenant la porte d'une bijouterie — elle résista, le magasin n'ouvrait qu'à trois heures. Il y avait de jolies alliances dans la vitrine, j'étais un peu dans les vapes. Silvio prétendit qu'il était fatigué lui aussi, nous avions besoin d'aller faire la sieste. Pour la bague, nous reviendrions plus tard (et nous revînmes effectivement le lendemain, Silvio ne prononçait pas de paroles en l'air, je porte encore aujourd'hui le fin jonc d'or qu'il m'offrit ce jour-là).

Ma tante était partie s'entraîner. Elle avait délaissé le judo pour la boxe thaïlandaise, sport de combat qu'elle trouvait plus stimulant. Déjà dans l'escalier Silvio se serrait contre moi, il ne supportait pas que je m'éloigne, il n'attendit pas que je déplie le canapé. J'étais accoudée au dossier, il m'empêchait de me retourner. Il me caressait. Je voulais me retenir de jouir, je n'avais pas envie qu'il s'arrête, mais je ne sais pas ce qui est arrivé, je me suis entendue crier, c'était plus fort que moi, j'ai poussé Silvio par terre et je me suis allongée sur lui, son sexe est entré tout seul, sans avoir besoin d'être conduit, aspiré à l'intérieur. Je repensai à l'homme maigre, à son regard lorsque tu avais collé ta cigarette contre la mienne, et j'ai joui une seconde fois. Tu t'es dégagé pour que je te prenne dans ma bouche. Tu te tenais à mes cheveux. Au moment où le sperme arriva, je m'éloignai et je le vis sortir, par saccades. C'était la première fois que j'osais regarder. J'étais un peu gênée, finalement, et je dus rester longtemps sous la douche pour effacer cette vision. J'avais l'impression de t'avoir trahi, c'est drôle, comme si je t'avais dérobé ton plaisir.

(Ma tante ne connaissait aucun écrivain répondant au nom de Catherine Claire.)Elle me suggéra d'aller dans la grande librairie du bout de l'avenue. Je suivis son conseil mais, arrivée devant la porte, je n'eus pas le courage de la pousser. Étranges pudeurs que celles de mes vingt-cinq ans. J'étais capable de caresser un homme en plein jour, en pleine rue, et je perdais tous mes moyens devant la vitrine d'une librairie. Ce n'étaient pas tant les livres qui m'intimidaient que l'aplomb des gens qui tournaient autour des livres. Comment choisissaient-ils parmi les centaines de titres exposés, toutes ces tranches, toutes ces piles, et que répondre au vendeur s'il me demandait ce que je désirais ? Suffisait-il de prononcer le nom d'un auteur pour être pris au sérieux ? Et si Catherine Claire n'avait rien publié, de quoi aurais-je l'air ? Et si elle avait été éditée sous un pseudonyme ? Et comment s'appelait le genre de littérature qu'elle écrivait, ce n'était pas du roman quand même, enfin ça ne ressemblait pas aux romans que je connaissais, ni du théâtre ni de la poésie. Des mots simplement, oui, des émotions, avec très peu de liant. Pourrais-je expliquer cela au libraire?

Il y avait un marchand de journaux en bas de chez ma tante, je décidai de m'adresser à lui. Je posai sur la caisse un magazine et des stylos, ce qui me donnait le droit, me semblait-il, d'obtenir gratuitement quelques renseignements. Je me souvins du jour où j'avais acheté mes premiers préservatifs. J'étais arrivée au comptoir avec une crème, un flacon de shampooing et des tampons périodiques — avant que la pharmacienne n'encaisse la totalité des marchandises je lui avais demandé, d'un ton un peu distrait, des préservatifs de taille moyenne. Elle avait souri, un sourire commercial, rien de moqueur, mais quand même elle avait souri pour répondre que les préservatifs étaient taille unique. Je crus qu'elle se moquait de moi, une seule taille, mon expérience, si réduite fût-elle, m'avait prouvé que les hommes offraient de multiples variations en la matière. Je n'eus pas le loisir de répliquer, il y avait un client qui attendait, et puis j'avais envie d'en finir. La pharmacienne insista.

Il n'était plus question de volume, mais de qualité de glisse.

— Lubrifiés, non lubrifiés?

Pourquoi les gens qui savent ont-ils l'arrogance si naturelle? Comme pour vous, comme vous voulez, peu importe, quelque chose de solide, ce que je devais avoir l'air conne. Elle m'a tendu une boîte jaune et j'ai ouvert mon porte-monnaie. Je n'avais pas assez d'argent. La pharmacienne était conciliante. Elle enleva du sac le shampooing et la crème qui représentaient à eux seuls mon budget de la semaine. Je repartis sous le regard appuyé de l'autre client avec les préservatifs et les tampons, l'endroit et l'envers du décor, d'un côté le creux et de l'autre la bosse, honteuse certes, mais en ayant le sentiment de marcher sous haute protection. L'homme me rattrapa dans la rue quelques minutes plus tard, il portait le même petit sac que moi à la main. Il m'invita à boire un verre. Je refusai, alors il posa le sachet sur une borne, à mes pieds. J'y découvris le shampooing, la crème et quelques échantillons. Je n'eus pas la possibilité de le remercier, il avait déjà traversé la rue. Parfois j'ai l'impression que c'est à partir de ce moment-là, de cette occasion manquée, que ma vie a basculé. Qui sait ce que nous serions devenus tous les deux, ensemble ?

Le marchand de journaux n'avait jamais entendu parler de Catherine Claire. Il sortit une espèce d'annuaire où se trouvaient répertoriés tous les auteurs ayant des livres en circulation et nous ne découvrîmes pas une, mais deux personnes répondant à ce nom. La première avait collaboré à l'écriture d'un ouvrage sur les champignons. La seconde, la mienne sans aucun doute, avait signé il y a trois ans un roman intitulé *L'analogie du miroir*. Je demandai au marchand de journaux s'il savait comment je pourrais me le procurer. Il me proposa de le commander. Si je voulais bien lui verser des arrhes, le livre serait là avant la fin de la semaine.

C'était simple, si simple que je crus au début qu'il plaisantait. Dans quelques jours, je tiendrais entre les mains un roman de Catherine Claire. Il suffisait de payer l'équivalent d'une heure et demie de salaire. Cela ressemblait à un petit miracle.

Silvio insista pour que je continue à travailler, c'est une question d'équilibre, disait-il, je ne devais pas tout lâcher à cause de lui, alors je me levais chaque matin, je m'habillais comme il faut, je me maquillais, et je faisais semblant de me rendre au bureau. Je ne me sentais plus le courage d'affronter le regard paternaliste du directeur commercial. Plus le courage de m'entendre appeler « ma petite Domino », ni même « Domino », tout court. Je ne voulais plus de cette vie-là. J'avais l'impression d'avoir décroché. Je ne pouvais plus revenir en arrière. Parfois j'allais chez moi, dans mon ancien studio, je passais la journée à feuilleter des journaux, à traîner. Je m'ennuyais un peu. Alors je sortais et je suivais des gens au hasard. Je reçus une première lettre de mon employeur où il me mettait en demeure de reprendre mon travail, puis une deuxième, en recommandé cette fois. On y lisait les mots préavis, convention collective et indemnités.

Personne ne se soucia de ma santé, voilà, j'étais licenciée.

Un collègue à qui j'avais emprunté de l'argent vint plusieurs fois le soir, mais le soir j'étais avec toi chez ma tante, et je retrouvais au matin des petits mots glissés sous la porte de mon studio. Je lui fis parvenir un mandat postal. Je n'avais pas envie d'être poursuivie. Tu ne m'avais jamais reparlé de l'homme maigre — je n'avais pas osé te poser de questions à son sujet. Peut-être l'avais-tu remboursé. Bientôt le téléphone fut coupé (je n'avais pas réglé la facture) et comme j'avais décidé de ne plus payer mon loyer je préférai déménager avant d'être expulsée. Je n'avais presque rien, un matelas, deux tabourets, une table pliante, de la vaisselle et un miroir encadré que j'avais récupéré dans la rue. Alors, pour la première et la dernière fois, Silvio vint chez moi.

Ne fit pas de commentaires.

Le mini-frigo et la plaque chauffante encastrée dans le placard-cuisine appartenaient au propriétaire. Les deux mois de caution couvriraient les loyers en retard. Silvio avait loué une petite camionnette et tout a tenu dedans, mes meubles, mes habits, mes souvenirs. La semaine suivante, comme par mimétisme, arrivèrent chez ma tante deux grosses valises qui appartenaient à Silvio. Il y en avait une troisième chez Kristen. Son amie devait être revenue de vacances depuis longtemps, mais je crois qu'il n'osait pas aller la récupérer. Il se sentait coupable de ne pas avoir arrosé les plantes depuis la visite de l'homme maigre. Kristen devait être furieuse — à sa place je l'aurais été —, peut-être s'inquiétait-elle, toujours Silvio repoussait le moment de l'appeler.

Ma tante voyait nos affaires s'accumuler dans le

salon. Elle ne manifesta aucun signe de contrariété lorsque Silvio installa la table pliante près du téléphone. Il la repliait dès qu'elle rentrait de ses cours, rangeait ses papiers dans un carton ayant contenu des bouteilles d'eau minérale, il le faisait avec une telle élégance que ma tante ne résista pas longtemps à sa bonne volonté : un matin, elle lui ouvrit la porte du bureau de son mari.

Mon oncle — son mari — était mort depuis deux ans et jamais ma tante n'avait eu le courage de réaménager ce qu'elle appelait « son antre », une pièce tapissée de photos et de souvenirs rapportés de leurs différents voyages. Se sachant condamné et refusant de finir ses jours à l'hôpital, mon oncle y passa les derniers mois de sa vie. La nuit, il n'arrivait pas à dormir, alors il venait là pour travailler, disait-il — en vérité, il ne voulait pas déranger ma tante. Vers quatre heures du matin, il réussissait à s'assoupir, la tête dans les bras, comme un écolier. Le compagnon fidèle de ces nuits de souffrance, sa consolation, son témoin, était un masque de sarcophage. Il le décrochait parfois de son socle pour le poser à côté de lui, sur son bureau. Il s'agissait d'un certain Panidjem, dignitaire contemporain de Sethi Ier. L'intensité de son regard me fascinait. Je crois qu'il louchait un peu. Un soir, avant le dîner, mon oncle m'avait demandé si ça me ferait plaisir d'en hériter. J'avais rougi, peut-être aurais-je dû répondre plus directement. C'est un secret entre nous, avait-il ajouté en me caressant la joue — tellement secret qu'après sa mort, rien ne me désigna comme l'héritière de Panidjem. Je n'avais jamais osé parler à ma tante de la promesse de son mari.

Lorsque pour la première fois je vis Silvio, assis dans le fauteuil de mon oncle, en face du masque égyptien, je sentis que quelque chose de grave allait se produire. Comment le lui faire comprendre ? Nous devions partir. Nous avions assez profité. Il avait encore de l'argent, je ne sais pas d'où il le sortait parce que je ne le voyais jamais aller à la banque, mais les billets étaient là quand nous en avions besoin. Il fallait prendre un appartement. Nous serions chez nous et il n'y aurait plus rien de pliant, ni paravent, ni table, ni canapé — à la rigueur un éventail. Je trouverais un autre boulot, on m'appellerait «madame» cette fois parce que Silvio viendrait me chercher à la sortie du travail — on me respecterait. Je ne voyais aucun inconvénient à ce que Silvio installe son bureau dans la pièce principale, il pourrait y recevoir ses clients — je n'ai jamais bien compris ce qu'il négociait, mais les affaires marchaient bien, et Silvio se plaignait souvent d'être obligé de donner ses rendez-vous à l'extérieur. D'après les conversations téléphoniques dont j'étais témoin, il organisait plus qu'il ne fournissait. On le payait cher pour démêler des situations compliquées. Il débrouillait. Il était un débrouilleur. Par exemple, lorsque nous habitions chez ma tante, il chercha pendant une semaine entière un hangar pour stocker des chaussures. Il s'agissait, m'expliqua-t-il, d'un soldeur qui avait racheté une usine en faillite, un type avec qui Silvio travaillait souvent. Il lui trouva une caserne désaffectée aux environs de Pau pour un franc symbolique par mois, avec la complicité des autorités locales (je n'en revenais pas des lettres que Silvio me demandait de taper, et monsieur le maire par-ci, et monsieur le conseiller par-là, et l'assurance de mes sentiments les meilleurs, comment pouvait-il connaître toutes ces huiles?). Je voyais chaque semaine des billets de cent francs coincés sous le téléphone, probablement pour régler les communications. Ma tante était fascinée par Silvio, son esprit d'entreprise, sa justesse, sa générosité. Elle le traitait comme le fils qu'elle n'avait pas eu. Elle ne voulait pas nous laisser partir et lui, évidemment, ne comprenait pas pourquoi j'insistais pour que nous déménagions.

Vint le soir où Silvio me demanda si je pouvais lui prêter de l'argent. Je lui avouai qu'il ne me restait pas grand-chose sur mon compte. Il crut que je plaisantais, où passait mon salaire, je n'avais plus de loyer à payer, plus de charges...

— J'ai des dettes à rembourser, l'interrompis-je, des dettes, j'ai l'impression que tu sais ce que ça veut dire.

J'avais été un peu trop agressive, à l'exercice du mensonge je manquais encore d'entraînement. Silvio s'excusa. Je le surpris quelques jours plus tard en tête à tête avec ma tante. Bien sûr, elle pouvait le dépanner, combien lui fallait-il? Silvio l'accompagna jusqu'au distributeur automatique de billets. Le soir même, il nous invita au restaurant.

J'étais très embarrassée parce qu'il allait payer la note avec l'argent prêté par ma tante et que nous n'aurions jamais commandé un vin aussi cher ni des plats à la carte. Nous nous serions contentées du menu, il était très bien ce petit menu, mais non, Silvio avait insisté, prenez ce qui vous fait plaisir, et pour nous mettre à l'aise il avait choisi un magret de canard avec en entrée quelque chose de léger, une mousse de saumon hors de prix. Je bus un peu trop, pour essayer d'oublier la note, bientôt Silvio d'un léger mouvement de l'index demanda une deuxième bouteille et cela n'arrangea pas les choses. Je voyais l'addition enfler à mesure que les verres se vidaient. Je lâchai prise à l'arrivée des magrets, ma tante avait l'air tellement heureuse. La conversation tournait autour des programmes scolaires et de la place du sport dans l'éducation anglo-saxonne, sujets que Silvio étirait à loisir, comme pour signifier que cette soirée lui était dédiée, à elle, la prof de gymnastique. Je les regardais parler, je ne les écoutais pas vraiment, Silvio avait pris ma main. Souvent je repense à cet instant. Ma tante roucoule sur la banquette, elle ne voit pas ce qui se passe en dessous. Ton pied se glisse entre mes jambes. Mes genoux s'épanouissent, les cuisses accompagnent le mouvement... Jusqu'où te laisserai-je monter ? Tout le jeu se résume en un mot : jusqu'où ? Et les autres clients qui ne se doutent de rien, la petite Japonaise près du comptoir qui ne sait pas comment manger ses asperges, mais enfourne-les, ma grande, n'aie pas peur. Son mari la regarde faire, il se demande à

son tour jusqu'où il faut aller, au-delà de la partie
verte, de la partie tendre, jusqu'où ? La pointe res-
semble à un bout de sein avec ses protubérances
minuscules, il la trempe dans la vinaigrette et de
ses lèvres fines la titille. Il tient l'asperge entre ses
doigts, comme une baguette solitaire. Sa femme a
opté pour le couteau et la fourchette, il la regarde
avec réprobation maintenant. Il trempe la partie
charnue, retrempe, et suce les filaments, se prenant au plaisir du mets. Quand la queue de l'asperge devient trop dure il l'abandonne sur le
rebord de l'assiette. Ma tante a terminé ses profi-
teroles au chocolat. Silvio se baisse pour ramasser
quelque chose sous la table — en fait, il se
rechausse. Il ne demande pas l'addition, mais va
payer loin de nous, à la caisse. J'admire sa délicatesse. Nous sortons du restaurant en nous tenant
par le bras. Pour moi, ma tante appartient à la
génération de mes parents, mais je me rends bien
compte que Silvio la regarde de façon différente.
Elle n'est pas tellement plus âgée que lui, six ans
de plus, sept à tout casser. Elle porte ce soir-là un
tee-shirt court qui laisse voir la peau très lisse de
son ventre. Son buste est fin, sa poitrine géné-
reuse, mais fermement tenue dans un soutien-
gorge blanc. Elle ne met que des sous-vêtements
en dentelle claire, elle en a toute une collection.
Lavés à la main, séchant dans la salle de bains, loin
du radiateur. Silvio n'a jamais fait aucun commentaire à propos de ces étendages suggestifs. Je
crois que la lingerie et les accessoires en général

le laissent indifférent — ou du moins je le crus longtemps.

Ma tante se sentait revivre depuis que nous nous étions installés chez elle. La gentillesse de Silvio, ma présence attentive, notre complicité, tout cela, disait-elle, l'aidait à supporter l'absence de son mari. Elle ne l'oubliait pas, non, comment oublier cet homme qui avait partagé dix-sept ans de son existence, mais elle comprenait enfin qu'il était mort. Elle le reconnaissait. Pouvait se souvenir de la maladie, des nuits de veille, du corps qui se dégrade, de l'esprit qui gémit, des forces qui s'échappent, du courage que l'on feint pour que l'autre ne se sente pas, en plus de tout, coupable de vous quitter. Elle commençait à mettre des mots sur la douleur, des mots ou des soupirs, des haussements d'épaules. Silvio avait avec elle la patience des orphelins.

Ma vie à moi n'avait guère changé. Les journées étaient trop longues, mes pas me conduisaient souvent vers le Café des Charmes, un jour j'allais me faire repérer. Le garçon travaillait toujours là, je le voyais servir les clients et ranger les verres. Il était assez beau finalement, oui, je le trouvais séduisant. Il avait une moto qui démarrait avec un bruit doux, parfois il s'en allait vers trois heures, je l'imaginais me prenant derrière lui. Partir, une fois encore, tout plaquer. Silvio et ma tante s'entendaient si bien, ils sauraient se consoler. Cette idée me faisait monter les larmes aux yeux. J'aimais bien ces petites tortures que je m'infligeais à moi-même. Elles me permettaient d'apprécier à leur juste valeur, chaque jour, nos retrouvailles. Rien n'était donné. Cette phrase me venait souvent à l'esprit, j'entendais la voix de ma mère, commentant le prix des fromages sur le marché, c'est pas donné, disait-elle, et elle balançait la tête de droite à gauche en haussant les sourcils, comparant les étiquettes pour finalement demander toujours le même bout de gruyère à râper sur les pâtes.

Le roman de Catherine Claire était arrivé comme prévu chez le marchand de journaux, mais il me fallut quelques semaines avant de me décider à l'ouvrir. J'avais peur de ne pas pouvoir le lire, peur qu'il ne soit trop compliqué, à l'image de ce titre énigmatique, *L'analogie du miroir*, et en effet, au début, je n'y compris strictement rien. Je déchiffrais les mots, oui, je savais bien ce qu'ils voulaient dire mais le sens général des phrases m'échappait. Je pouvais parcourir une page entière sans en retenir une idée, une action, ou même une image. Les personnages étaient désignés par des lettres minuscules mises entre parenthèses. Il y avait (b), (s) et (c), les figures principales, enfin celles qui revenaient le plus souvent. Chaque fois que je tombais sur l'un de ces noms, je devais faire un effort énorme pour savoir de qui il s'agissait, celle qui avait peur des chiens, celui qui cherchait du travail ou l'autre que la vie ennuyait. En résumé, il s'agissait de gens qui se croisaient sans se rencontrer (pendant les trois premiers chapitres) et enfin, à la page 82, (b) adressait la parole à (c). La scène se déroulait dans une piscine de banlieue. Si leurs propos étaient retranscrits de façon elliptique, les seins de (c), eux, étaient dotés d'une description appétissante, deux bonnes pages d'un lyrisme sans équivoque. J'avais l'impression que l'auteur nous laissait enfin respirer après toutes ces aventures morbides, ces pensées tordues, ces projets avortés. Catherine Claire apparaissait dans sa jupe noire, elle souriait, et lorsque, reprenant le fil du récit, elle recommença à me bassiner avec ses commentaires désincarnés, je me sentis le droit de prononcer mon verdict : *L'analogie du miroir* tenait en deux feuilles, deux pages qui se faisaient face, une pour chaque sein. De part et d'autre ça ne valait pas un clou.

J'étais assez remontée, et lorsque j'allai la fois suivante chez le marchand de journaux je lui fis part de mes impressions. Pas un clou, sauf les pages 82 et 83. Il hocha la tête d'un air fataliste. Deux pages, mieux que rien. Tout le monde n'écrit pas *Autant en emporte le vent*. Ne s'attendait pas à trouver en moi lectrice si perspicace. Voulut me refiler un autre roman sans image sur la couverture. Je repartis avec un mensuel d'horticulture. J'aimais bien regarder les photos de jardins. Je ne savais plus où aller maintenant que j'avais abandonné mon studio. Silvio croyait toujours que je travaillais. Je rentrais plus tôt qu'avant — j'avais prétendu que les horaires avaient changé, chômage partiel, pas assez de nouveaux clients, certains vendredis nous disposions même de nos après-midi. Malheureusement nous n'étions que mardi et il n'était pas question que je me pointe chez ma tante avant seize heures. J'avais un billet de cent francs dans mon porte-monnaie, billet que j'avais récupéré dans l'une des poches de Silvio au moment de mettre ses affaires dans la machine à laver — c'est moi qui m'occupais des lessives. Une longue file de taxis était stationnée devant la mairie. Où désirais-je aller?

Je me souvenais du nom de la rue de Kristen, pas du numéro. C'était facile à retrouver, en face d'une teinturerie. La porte était munie d'un code et j'attendis longtemps avant de pouvoir entrer dans le hall. Troisième étage, à gauche en sortant de l'ascenseur. Je reconnus le timbre de la sonnette, ce son qui m'avait réveillée le matin de notre départ précipité. Mon ventre gargouilla. Je me recoiffai du bout des doigts, faisant retomber quelques mèches sur les yeux pour me donner un genre. J'avais très peur de la confrontation.

Une femme me regardait d'un air surpris. Elle portait un déshabillé bleu ciel, elle n'essayait pas de cacher qu'elle venait de se réveiller. Elle crut que je voulais lui fourguer quelque chose, des cartes postales au profit des handicapés, des stylos, un contrat d'assurance, que sais-je, elle s'apprêtait à m'éconduire quand une autre sonnerie, celle du téléphone, me sauva de l'éviction. J'en profitai pour forcer le passage. Je ne vends rien, expliquai-je lorsqu'elle eut raccroché, je ne suis pas enquê-

trice, je m'appelle Domino, je suis une amie de
Silvio. Je viens chercher un sac vert que j'ai laissé
ici pendant que vous étiez en vacances.

La jeune femme me fit signe de la suivre. La
table du salon n'était plus à la même place. Autour
des fenêtres, quelques plantes avaient survécu.

— Vos affaires sont là, dit-elle en me désignant
le placard du couloir. Il y a aussi une valise. Je me
demandais bien quand vous viendriez les chercher.

Elle se présenta, Kristen Shift, et s'avança pour
me serrer la main. J'aimais bien sa voix, son accent,
la façon dont elle relevait ses cheveux, je n'étais
plus si pressée de retrouver les textes de Catherine
Claire. Si seulement j'avais pu être à la place de
cette femme, en déshabillé, ne pas avoir à marcher
dans la rue toute la journée, ne pas avoir à affronter le regard des hommes lorsque j'entrais dans un
bar, seule, pour me reposer. Kristen me servit un
café. Je m'attendais à ce qu'elle m'interroge, mais
non, elle laissait les choses venir, elle aussi avait le
temps. Le tissu léger glissait, découvrant ses
jambes. Avait-elle fait l'amour avec toi ? Elle me
proposa de la suivre dans la cuisine. Tout était
beau en elle, voluptueux. Pourquoi avais-tu quitté
cette femme, comment pouvais-tu te passer d'elle ?
Car cela ne faisait aucun doute à présent, tu avais
été son amant, Kristen était irrésistible, et pourquoi t'aurait-elle laissé son appartement si vous
n'aviez pas été ensemble ? D'un autre côté, si inti-
mité il y avait, pourquoi n'étais-tu pas parti en
vacances avec elle ? Je me tenais debout là, adossée

contre le frigo, à un mètre à peine d'un corps que Silvio avait caressé. Je pouvais m'approcher encore plus près, sous prétexte de l'aider à prendre les tasses. Je frissonnai. J'avais envie que cette histoire de cabas ne finisse jamais, j'avais envie de me greffer dans la vie de Kristen, oui, je voulais être son greffon.

— Vous avez faim? Je vais préparer des pancakes...

Peut-être préférais-je des toasts, ou des céréales, elle attendait ma réponse, je me demandais ce qui mettrait le plus de temps à préparer. Elle posa sa main sur mon bras. Kristen était bienveillante, par petites touches, sans éclat, qualité que l'on reconnaît d'ordinaire aux personnes plus âgées, aux gens qui ont traversé de lourdes épreuves, mais Kristen était si belle, si élégante, on aurait supporté son égoïsme, on aurait excusé ses coups de tête, et elle cherchait pour moi le sirop d'érable (j'avais finalement accepté les pancakes), attentionnée, discrète, comme une amie.

Une amie... Je n'avais pas prononcé ces deux syllabes depuis longtemps. Elles me chatouillaient le bord des lèvres, malicieuses, timides, et j'avais envie de dire à Kristen : sois mon amie, accepte cette absurdité, qu'une fille qui sonne à ta porte, un matin, une fille dont tu ne sais rien, te propose ce pacte de tendresse. Et je pensais : accepte, accepte, et je ne formulais pas ma question à voix haute, pourtant tout en Kristen était acquiescement, ses longues jambes détendues, pas même croisées, nues devant moi, ses chevilles très fines et jusqu'à cette façon de se lover dans le fauteuil, après le petit déjeuner, légèrement en biais, me faisant face. Finalement, elle se décida. Elle me demanda si j'étais avec Silvio depuis longtemps.

Je lui racontai la première soirée que nous avions passée ensemble, ici, oui, dans son appartement. Nous avions parlé des villes qui se vidaient, en été, comme si les foules étaient aspirées par le vert des campagnes.

— Et il vous a dit qu'il aimait bien cette période de l'année, cette impression d'être hors du temps, de redécouvrir son quartier.

— Nous avons très peu discuté.

— Il a mis de la musique, il vous a invitée à danser ?

Le scénario de Kristen me plaisait. Elle insista. Vous avez dansé, n'est-ce pas, j'ai remarqué que les disques avaient été dérangés. Ses yeux brillaient, elle s'amusait à nous imaginer ensemble. Peut-être n'était-ce que simple projection.

— Nous avons à peine eu le temps de refermer la porte, dis-je en baissant la voix, et il m'a...

Kristen sourit. Elle était devenue toute rose, toute gamine, c'était un bonheur de la voir ainsi.

— Silvio, incorrigible Silvio...

Entendre ces mots sortir de la bouche de Kristen me fit un drôle d'effet, c'était comme si elle m'avait enlacée soudain. Silvio... Nous étions unies par six lettres, ces six lettres qui te désignaient au monde, qui portaient ton corps, ta parole. Tu étais notre mot de passe, Silvio, Silvio, notre berceau commun. Kristen se leva, je crus qu'elle allait s'asseoir sur le canapé, à côté de moi, mais non : elle se dirigea vers le couloir. Seule. Magistrale. Je n'étais rien à côté. Une employée. Une chiure de mouche.

Elle revint quelques secondes plus tard avec le sac de Catherine Claire. Nous discutâmes encore un peu sur le pas de la porte, mais le charme était rompu. Elle devait s'habiller, elle devait sortir, elle était sur le point de m'échapper. Je lui promis de la rappeler bientôt. Elle inscrivit son téléphone au dos d'un prospectus. Je lui laissai à mon tour les coordonnées de ma tante. Oui, nous irions voir une exposition ensemble, c'était une bonne idée. Oui, je dirais à Silvio de venir chercher sa valise et, surtout, de lui rendre son jeu de clefs. Non, elle ne les avait pas retrouvées derrière l'extincteur. Je lui tendis la main en pensant que l'homme maigre devait avoir gardé le trousseau, elle m'attira contre elle, nous nous embrassâmes sur les joues. J'entendis la porte se refermer. Dans l'escalier, j'ouvris le cabas. Je vis tout de suite que l'un des textes, le journal justement dont j'avais parcouru quelques pages, celui qui était rangé dans une chemise orange, avait disparu.

5

J'appris la mort de Catherine Claire par les journaux. Elle apparut en gros titre un mercredi, jour des enfants. Je lus l'article dans la rue, en marchant, comme si le fait de bouger pouvait rendre la nouvelle supportable. Les larmes se mirent à couler. Je passai le reste de la matinée assise sur un banc à ressasser les mots qui décrivaient la scène.

Catherine Claire avait été découverte par l'employé de l'E.D.F. qui relevait les compteurs du Café des Charmes. Le patron lui avait indiqué le cagibi, dans la cour, à côté des toilettes. Une drôle d'odeur flottait, un rat crevé sans doute, de là à imaginer… Le corps de Catherine Claire était coincé entre la porte et les compteurs, dès l'ouverture il bascula. L'employé n'eut pas le réflexe de le retenir, au contraire, il s'écarta. Le cadavre se disloqua sur les pavés. La mise en scène du crime ouvrait la piste à de multiples commentaires : le chemisier de la victime présentait plusieurs entailles et sa jupe, une jupe noire, était descendue jusqu'à mi-cuisse. La fermeture Éclair n'ayant pas été ouverte en entier, le tissu restait accroché là, empêchant les jambes de bouger. Sur le ventre se dessinait un sigle violacé rendu incompréhensible par le relâchement des tissus. Le bâton de rouge à lèvres qui était à l'origine de cette terrible signature avait été découvert dans les sous-vêtements de la victime. Seules des analyses plus poussées pourraient confirmer ou infirmer la thèse du viol.

On ne trouva sur le buste de Catherine Claire que les marques d'une légère altercation, ce qui laissait supposer qu'elle connaissait son agresseur. Il avait dû la saisir par les bras et la secouer. La tête avait heurté quelque chose de dur — selon toute probabilité le distributeur automatique de

IMPORTANT

serviettes situé dans les toilettes du café, toilettes qui étaient également accessibles par l'immeuble attenant. Le serveur certifiait que l'écrivain avait quitté les lieux à dix-neuf heures trente précises, heure de fermeture de l'établissement, le jour où elle avait donné ce qui devrait être sa dernière lecture publique. Il l'avait servie lui-même, deux grogs coup sur coup, l'un plus chaud que l'autre. Ils avaient même échangé quelques propos. Il l'avait trouvée un peu bizarre, et j'étais bien la seule à savoir pourquoi : ce n'était pas Catherine Claire que le garçon avait raccompagnée à la porte du Café des Charmes, pas elle qui avait emporté le cabas vert, c'était moi.

Un critique littéraire notait dans un encadré en bas de page que nous perdions l'un des espoirs de la jeune génération. Il rappelait la publication de *L'analogie du miroir* dont il admirait l'esprit, l'exigence du style et l'originalité de la construction.

Catherine Claire, assassinée… La première chose à faire était de me présenter à la police pour apporter mon témoignage. Je ne risquais rien, je n'avais rien à me reprocher, pourtant je restais collée à mon banc comme si une force extérieure m'empêchait de partir. Je ne savais pas quel commissariat choisir, j'avais peur de mal tomber, peur que l'on ne mette en doute ma parole. Plus l'heure tournait, plus je me sentais coupable. Enfin il fut midi : je décidai de rentrer à la maison.

Ma tante était à son entraînement. Je m'effondrai dans les bras de Silvio. Il prit le journal que je lui tendais. Je le laissai lire les articles avant de lui raconter ce qui m'était arrivé — l'insistance du serveur, sa méprise, ma confusion. Les mains de Silvio tremblaient. Je regardais sur le sol une mouche immobile, il me semblait la voir grossir à mesure que les mots sortaient de ma bouche. Dans la foulée, j'en profitai pour avouer à Silvio que je ne travaillais plus au bureau. Il m'écouta sans m'interrompre. Il avait l'air exténué. Lorsque je me tus, il articula péniblement :

— Tu sais qui était Catherine ?

Je secouai la tête en signe de dénégation. Il faillit me dire quelque chose, puis se ravisa.

— C'était un écrivain.

Il sortit de sa poche un stylo et commença à souligner certains passages de l'article. Le bouchon en tombant par terre fit s'envoler la mouche.

— C'est peut-être toi que l'on cherchait, lâcha-t-il en continuant à griffonner.

Pourquoi disait-il cela ?

— Tu aurais pu être tuée à sa place, corrigea-t-il, personne n'est à l'abri, il y a tellement de gens déséquilibrés, et il s'effondra à son tour sur mon épaule, comme pour me pleurer.

Je n'osais pas lui demander s'il connaissait l'écrivain depuis longtemps. Il voulait que je lui donne les manuscrits. Le sac vert était rangé dans une de mes valises. Je n'avais pas réussi à lire les textes de Catherine Claire. Non seulement son écriture était difficile à déchiffrer, mais sa façon de raconter décidément trop alambiquée pour moi. Je regrettais la disparition du journal intime. Silvio parcourut les premières pages des différents dossiers avant d'aller s'enfermer dans le bureau de mon oncle.

L'image du corps se disloquant sur les pavés nous plongea dans une période de stupeur qui, rétrospectivement, ne fut pas si désagréable à vivre. Nous faisions l'amour comme nous n'avions jamais osé le faire, avec douceur et tristesse, sans acharnement. Nous avions décidé de ne pas mettre ma tante au courant du drame et elle se demandait pourquoi, soudain, nous passions des heures derrière le paravent. Elle pensait que nous voulions un enfant. Silvio n'avait plus d'appétit pour rien, il n'avait envie que de moi. Il laissait le téléphone sonner et ma tante, d'un naturel curieux, ne pouvait s'empêcher de décrocher. La gestion des affaires urgentes lui fut confiée. Quand la dernière opération en cours fut réglée — il s'agissait de revendre une dizaine de voitures noires pour un client pressé —, Silvio annonça que nous allions partir en voyage.

Ma tante accusa la nouvelle sans broncher. La décision était prise : Silvio m'emmenait au soleil. Il aurait bien aimé m'inviter à l'étranger, mais son stock de contraventions impayées doublait chaque frontière d'un barrage redoutable. Si on l'arrêtait, il devrait régler immédiatement la totalité des amendes, sous peine de finir ses vacances en prison. Pour cette même raison, il préférait que je m'abstienne de témoigner à propos du meurtre de Catherine Claire.

Je commençais à me sentir à l'étroit chez ma

tante, j'avais besoin de respirer, et la nouvelle de notre prochain départ associée à la décision de réserver ma déposition me soulagea d'un double poids. En France ou à l'étranger, qu'importe : le principal était de partir. J'avais passé mon enfance à plier bagage — mes parents gardaient des maisons de riches, j'avais l'habitude de déménager. Une seule fois nous habitâmes trois hivers consécutifs le même domaine, au lieu-dit de la Sainte-Croix. Quand les propriétaires, après une longue absence, constatèrent que mon père élevait des lapins dans le jardin couvert (une espèce de serre d'une prétention sans nom), la confiance fut ébranlée. Ma mère essaya d'arranger les choses. Afin de racheter l'erreur de son mari, et pour bien montrer notre bonne volonté, elle dépeça une bête magnifique qu'elle déposa un dimanche sur la table de ses patrons. Les propriétaires interprétèrent ce sacrifice comme un acte de provocation. On nous trouva des remplaçants et je dus, une fois de plus, changer de classe avant la fin de l'année scolaire.

Dans cet univers chaotique, ma tante était la seule à m'offrir l'image d'une vie stable. J'allais souvent en vacances chez elle. Elle me montrait ses livres, me faisait écouter ses chansons fétiches, c'est elle qui m'a offert ma première radio. Je l'admirais comme une grande sœur fortunée. J'aimais aussi ma mère — mais qui n'aimait pas ma mère ? Ou plutôt non, il ne s'agissait pas d'amour, mais de compassion. Je l'ai toujours connue ainsi, quoi qu'elle fît on la plaignait. Son format, peut-être, ce petit visage brouillon, son buste menu lui conféraient d'emblée la sympathie des inconnus. J'ai appris d'elle ces regards tendres et soumis, cette façon de baisser les paupières, de mettre sa main devant la bouche non pour bâiller, mais pour rire, comme si ce signe de bonheur était inconvenant. Mon père, à l'inverse, ne se laissait pas encombrer par les sentiments. C'était un homme courageux jusqu'à l'excès, ou courageux dans l'excès. Quand il prenait possession d'une nouvelle place de gardien, son premier souci était d'installer ses lapins — je n'ai jamais compris pourquoi il faisait une fixation sur ces animaux, il n'en tirait qu'un profit modeste, mon père ne se sentait entier qu'avec ses clapiers. Chaises longues et tables de jardin se trouvaient reléguées dans les appentis. Bien rangées, certes, mais au fond, derrière la provision de bois, les bûchettes empilées pour l'hiver, notre hiver, puisqu'il était bien rare que les propriétaires viennent passer Noël dans leur maison d'été.

Mon père s'occupait de tout, c'est-à-dire qu'il occupait tout.

Ne vous inquiétez pas, assurait-il à ses futurs patrons lors du rendez-vous préliminaire, mes propres parents travaillaient dans une ferme, je sais tailler un arbre, remplacer une tuile, construire un enclos. Je ne vous demande qu'une chose : votre confiance. Et vous avez ma parole d'honneur que je ne compterai ni mon temps ni mes efforts. Je ne peux pas dire mieux : je ferai comme chez moi.

Cette dernière phrase avait le pouvoir de séduire

les propriétaires les plus tatillons. La poignée de main qui scellait le pacte les rassurait encore, s'il en était besoin, sur la force physique du bonhomme. Ils repartaient en se caressant les phalanges, ravis d'être tombés sur un gardien aussi vigoureux.

De cette période-là, je n'ai gardé aucun ami. Aucun ennemi non plus, comment fixer sa haine quand on déménage tous les ans? On apprend à glisser. On s'entraîne à partir sans dire au revoir, à ne pas dire bonjour en entrant dans une pièce, à ignorer les signes d'affection. Avec constance et application, je prenais le contre-pied des dispositions paternelles. Il s'enracinait chaque fois, et moi je m'appliquais à couper le moindre lien, la moindre radicelle qui aurait pu m'attacher à ce que je devrais, à plus ou moins long terme, abandonner. Silvio fut le premier homme qui sut me faire renoncer à cette prudente solitude. Il sut ne rien promettre qui puisse me contraindre et ainsi, peu à peu, gagna cette confiance que j'avais tant de mal à partager. Ses caresses, sa générosité, cette façon de vous mettre sur un piédestal, un instant, puis de ne plus vous regarder, tout cela en fit un être indispensable, un être aimé. Le jour où il décida de m'emmener en vacances, par exemple, je ne songeai même pas à protester. Avec n'importe qui d'autre je me serais débattue, je ne voulais pas être un objet que l'on trimbale, plus jamais une petite fille ballottée, soumise, mais avec Silvio c'était différent. Nos bagages flottaient dans le coffre de la voiture, et moi je ressemblais à ma petite valise, noyau minuscule dans un fruit trop grand, pourtant j'étais heureuse, je me sentais en sécurité. Silvio ne m'avait pas dit où nous allions, je crois qu'il ne le savait pas lui-même. Nous roulions vers le sud. Il insista pour que je lui parle de moi, de mes parents. Il était persuadé que nous nous étions rencontrés dans notre enfance, comment expliquer autrement cette familiarité immédiate, cette sensation très physique de reconnaissance que nous avions l'un et l'autre éprouvée dès le premier soir chez Kristen ? J'énumérai les lieux où j'avais vécu, le nom de mes écoles, des centres de loisirs, mais nous ne nous découvrîmes aucun souvenir commun. C'était drôle, même, de constater à quel point nos itinéraires étaient divergents. La famille de Silvio habitait à Soisiel-Chapegrain. Son père exerçait la profession de pharmacien. Il connaissait tout le monde dans le quartier, participait à toutes les fêtes, depuis trente ans, ne manquait jamais un enterrement. Sa femme — la mère de Silvio — était céramiste. Elle passait des nuits entières dans son atelier, au fond du jardin.

Silvio tourna brusquement le volant. Une pancarte annonçait un hôtel, et voilà comment nous passâmes notre première nuit de vacances : dans une chambre avec vue sur l'autoroute du soleil.

Nous nous fîmes apporter notre petit déjeuner au lit. J'avais rêvé de Catherine Claire. Ce n'était pas triste, juste un peu effrayant. Je l'avais surprise en train d'écrire avec ses dents sur une espèce de carte à gratter vert bouteille. La douche était puissante, j'aimais sentir le jet couler sur mes épaules, sur mon cou. J'appelai Silvio pour qu'il me lave le dos. Il me savonna avec application, très sérieusement, comme s'il s'agissait d'une tâche essentielle à ma survie. Peut-être tenait-il de son père pharmacien cette attention aux petites choses du corps, ce plaisir de soigner, de masser, de prendre en charge. Nous n'avions aucune envie de repartir, il pleuvait, l'hôtel était confortable. On s'en moquait des paysages, finalement, ce que nous voulions c'était un lit et une douche et, accessoirement, une télévision.

Vers six heures du soir, Silvio s'habilla. Je devais l'attendre bien sagement dans la chambre. Il emporta sa sacoche, sa veste, les clefs de la voiture et me laissa là, seule, devant un feuilleton mal doublé. J'étais persuadée qu'il ne reviendrait pas, et pourtant je n'avais pas fait un geste pour le retenir. Je vivais un cauchemar attendu. Jamais personne n'était resté plus d'une année entière avec moi. Mes amants se succédaient. Ils me quittaient et, s'ils tardaient à le faire, je prenais les devants. C'était comme ça. Je ne pleurais pas, au contraire, je me sentais presque soulagée. J'attendis une heure devant la télévision allumée. Je me demandais si tu m'avais laissé de l'argent. Je trouvai quelques billets de cinq cents francs dans la poche intérieure de ta valise. J'avais envie de téléphoner à ma tante, mais un autre numéro se composa sous mes doigts.

— Kristen ? C'est Domino à l'appareil, l'amie de Silvio.

— Domino, c'est drôle que tu m'appelles maintenant...

M'attendais-je à trouver Silvio chez Kristen ? J'étais stupide, il n'avait pas eu matériellement le temps d'y aller.

— Personne n'est venu te voir ?

— Comment le sais-tu, demanda-t-elle, tu es déjà au courant ?

— Je ne sais rien ; une intuition.

Kristen me raconta qu'elle avait reçu la visite d'un certain Boris qui lui avait rapporté le double de ses clefs. Un homme très maigre, oui, qui avait posé plein de questions sur nous.

— Je n'arrivais pas à m'en débarrasser, je lui ai donné les coordonnées de ta tante.

Les coordonnées de ma tante ! Et Kristen me disait ça tranquillement, comme s'il s'était agi de la chose la plus naturelle au monde. Comment avait-elle pu ? Quelqu'un tapa à la porte de la chambre.

— Je dois raccrocher, murmurai-je, je te rappellerai plus tard, ne t'inquiète pas pour moi.

Pourquoi se serait-elle inquiétée ? On frappait toujours. Le meurtrier de Catherine Claire avait retrouvé ma trace, j'étais le seul témoin, la dernière pièce à supprimer, je revis en un instant toutes ces scènes de film où le personnage principal, terrorisé par ce bruit sec sur le bois, ouvre la fenêtre et s'élance, pour échapper à ses ennemis, mais voilà, nous n'étions pas au cinéma, je n'étais pas poursuivie, et celui qui frappait, ce n'était pas le meurtrier de Catherine Claire, ce n'était pas la police, c'était toi.

Tu ne portais pas de paquet à la main, ni fleur ni bijou, tu n'avais rien trouvé d'assez joli. Où étais-tu allé ? Je lisais comme un signe favorable que tu ne te sois pas senti obligé de me rapporter un cadeau. Tu m'enlaças et je frémis. Les corps parlaient, les corps se connaissaient, ils savaient. Jamais un assemblage de mots ne pourrait venir à bout de cette extravagante certitude. Je regardais chaque jour s'accomplir la rencontre avec la même fascination. Parfois, je surprenais mon visage dans un miroir et j'étais étonnée de ne pas y rencontrer l'image de Silvio. Il était en moi, il m'enveloppait de l'intérieur, juste sous la peau. Eut-il vraiment la tentation de me laisser tomber ? De disparaître, un temps, pour me mettre à l'épreuve ? Sans doute n'était-ce que pure affabulation de ma part, et maintenant que nous étions à nouveau réunis je ne pouvais que me consacrer à lui avec une ferveur nouvelle, un merveilleux appétit qui me faisait embrasser chaque millimètre de son dos, de ses fesses, de son sexe tranquille, pour une fois, ce sexe que je protégeais maintenant dans ma bouche. J'aimais bien le sentir mien, inerte, reposé. C'était la plus belle preuve d'affection que Silvio puisse me donner, ce petit bout vulnérable, pas glorieux, abandonné. Nous nous endormîmes ainsi, moi roulée dans le creux de lui, tête-bêche, pour nous réveiller quelques heures plus tard dans la même position. Nous décidâmes de reprendre la route. Par jeu plus que par nécessité, nous empruntâmes l'escalier de secours qui donnait directement sur le parking. Silvio nous avait inscrits sous de faux noms sur la fiche d'hôtel, nous étions M. et Mme Lenoir de Valbreuil. Je fis traîner le départ sous des prétextes divers (ma ceinture de sécurité coincée dans la portière, ma plaquette de pilules tombée sous le siège, le fil de la radio débranché), au fond je n'aurais pas été fâchée d'être repérée avant qu'il ne soit trop tard pour partir sans payer.

Vers sept heures du matin Silvio me réveilla. Il voulait s'arrêter pour prendre son petit déjeuner. Nous avions quitté l'autoroute. J'en profitai pour téléphoner à ma tante. Je lui expliquai en un mot la situation. Elle me promit de joindre l'hôtel et d'envoyer le règlement dans la journée. Je ne devais pas m'inquiéter pour cela. Il y avait d'autres sujets de préoccupation. Un homme était passé la voir peu après notre départ. Il voulait absolument parler à Silvio.

— Un homme blond, élancé, oui, les pommettes saillantes. Il s'agissait d'une affaire importante. Quelque chose de personnel à propos d'un certain Tom, je crois. Il a laissé un numéro où le contacter.

Ai-je eu tort? Cela partait d'un bon sentiment, j'avais envie de te rendre service, à mon tour, de te protéger. Je composai en cachette le numéro communiqué par ma tante. La voix enregistrée sur le répondeur était celle de l'homme maigre. Je laissai un message clair : il ne fallait plus poursuivre

Silvio. Oublier l'adresse de ma tante. L'argent allait être remboursé intégralement. Je m'en portais garante.

Le lendemain, l'homme décrocha en personne. Il voulait savoir où nous étions. Je lui donnai le premier nom de ville qui me vint à l'esprit, Roquefort si je me souviens bien, ou Chavignol, enfin un nom de fromage. Silvio entra dans la cabine au moment où le montant de la dette m'était annoncé. Dix-sept mille francs. Je dus rougir car Silvio me demanda d'un signe de tête si tout allait bien. J'acquiesçai. Dix-sept mille francs à rembourser avant la fin du mois.

6

Pour protéger Silvio, par amour pour lui, je commençai à le tromper. Je m'étais fixé un but : rembourser cet argent, et ce n'était pas en vendant ma médaille de baptême que j'allais y parvenir. Il fallait regarder les choses en face. Silvio valait dix-sept mille francs. Une fois encore la phrase de ma mère me revint à l'esprit : ce n'était pas donné.

La mort de Catherine Claire passa au second plan de mes préoccupations. Dès notre retour, je me débrouillerais pour trouver un nouvel emploi de bureau — mais quelque chose me disait que nous ne remettrions pas de sitôt les pieds chez ma tante. À la façon dont tu improvisais nos vacances, j'avais compris que tu préférais disparaître de la circulation. Tu ne voulais rien prévoir, rien pré-

What?

parer. Une parenthèse, une énorme parenthèse, ainsi décrivais-tu notre évasion. Nous devions faire le point. Prendre le temps de mieux nous connaître, prendre le temps de nous aimer.

Tu te penchas sur moi, tu me soulevas, tu me fis valser, tu me nourris et, en effet, tu m'aimas. La sixième nuit, nous atterrîmes dans un hôtel faux chic près de la gare d'Avernon. Il y avait un bar et des clients solitaires, c'est là que je compris comment je pourrais rembourser cette dette qui était devenue ta rançon.

Il suffisait que j'endorme Silvio, et que je me mette au travail.

Vers dix heures du soir, je lui servis un jus de fruits — Silvio avalait tout, par vagues, il aimait ingérer des liquides, alcoolisés ou non, il avait soif comme on a des yeux bleus, c'était un des traits constitutifs de sa personne, son côté autruche. Cette avidité me permit de lui administrer une barrette entière de Sandomyl sans qu'il en sentît le goût poussiéreux. À dix heures et demie, Silvio dormait profondément. Je me changeai et allai m'installer au bar de l'hôtel.

Pour me donner du courage, je commandai un whisky. Je n'ai jamais apprécié le whisky, pas plus cette fois-ci que les autres, mais je le bus quand même, bravement, j'avais l'impression que la boisson faisait partie intégrante de mon engagement. Chaque gorgée me rappelait à toi. J'étais assise sur un tabouret, jambes croisées, j'avais l'impression de répondre très exactement à l'image d'une femme qui se vend.

J'attendais.

Un homme d'une quarantaine d'années m'observait depuis un moment. Il n'osait pas m'aborder. Pour l'encourager, je relevai un peu ma jupe. Ce geste l'effraya, il se détourna de moi comme si je m'étais tripoté les seins en public. Je demandai un second whisky, c'était long, peut-être aurais-je dû me maquiller de façon moins discrète, pensai-je, pour qu'il n'y ait aucune ambiguïté possible. Enfin quelqu'un m'invita dans sa chambre. L'homme me vouvoyait, je le suivis. Il me demanda mes tarifs avant d'appuyer sur le bouton d'appel de l'ascenseur. Je répondis n'importe quoi, une somme énorme en vérité, soudain je n'avais plus envie d'y aller, je voulais te rejoindre, je voulais tout te raconter mais tu devais dormir et mon interlocuteur me considérait d'un air amusé. Il espérait qu'à ce prix-là, il aurait le droit de prendre quelques photos.

Je ne répondis pas. L'homme me précéda dans sa chambre, au cinquième étage de l'hôtel. Il n'était pas laid, bien rasé, bien habillé, en d'autres temps il aurait pu me plaire. Je le vis enfiler un préservatif, puis un autre, puis ce fut mon tour d'être enfilée. Il fit l'amour à une enveloppe vide et sembla s'en contenter. J'étais ailleurs, il était poli, c'est-à-dire très lisse, très bandé. Rien n'accrochait entre nous deux — et je pensai aux pénis des chats qui ont des sortes de crampons pour amarrer les femelles. Il m'avait demandé de le regarder (c'était sa seule exigence), aussi m'étais-je concentrée sur la fossette de son menton qui m'arrivait plus ou moins à la hauteur des yeux. Je voyais ces petites fesses aller et venir, aller et venir, puis disparaître lorsqu'il bascula la tête en arrière.

Les préservatifs s'affaissèrent dans le cendrier. L'homme remit son slip moulant. Il me proposa de passer aux toilettes. Lorsque je revins dans la chambre, il avait allumé toutes les lumières et sorti son appareil — photos à usage strictement personnel, précisa-t-il, vous ne pouvez pas dire non. Je refusai d'abord, mais quand il posa un billet de cinq cents francs sur la coiffeuse — en plus de vos honoraires, bien entendu —, je me laissai persuader. Qu'est-ce que ça me coûtait ? Il me fit asseoir sur une chaise, à l'envers, les cuisses écartées. Je dus me mettre en tailleur sur le lit, puis à croupetons, comme si je pissais. Il avait noué une serviette de bain par-dessus son slip. Les taies d'oreiller de l'hôtel étaient bordées de festons. Le même genre de taie supportait la tête de Silvio, quelques étages plus bas. Lorsque j'étais petite, je rêvais d'une maison avec un placard à linge — du linge à nous, pas celui des patrons. Les draps seraient rangés par taille, il y aurait aussi des nappes et des serviettes de table en tissu. Et des gants de toilette, toute une pile. J'avais envie de dormir. C'était si facile, pas du tout comme dans les romans.

Mon deuxième client — il fallait appeler les choses par leur nom — m'obligea à redescendre sur terre. Je le trouvai dans une rue derrière la gare. Il me suivit jusqu'à l'hôtel et demanda la chambre la moins chère, avec douche, non, pas besoin de baignoire. Le bas de son visage se perdait dans les volutes d'un imposant triple menton. À la verticalité discrète de la fossette succédaient de gros plis parallèles à la ligne des yeux, de la bouche et de la ceinture. Ses lèvres étaient très rouges, fermement dessinées (des lèvres de petite fille, pensai-je). Il discuta le prix comme on marchande un vieux meuble puis, ayant obtenu gain de cause, me promit une ristourne « si j'étais gentille ». Lorsque je vis ses testicules s'approcher de mon visage, je fus prise d'un haut-le-cœur. Je les saisis dans mes mains, pour détourner la situation, mais l'homme insistait : il les voulait dans ma bouche, d'abord, après on aviserait.

La télé était restée allumée. Je regardais les informations tout en lui suçant les accessoires. Il gardait son sexe relevé, plaqué contre son ventre. Soudain il commença à m'engueuler parce qu'il avait senti mes dents, il était très autoritaire. Il promenait son gland décalotté sur mes joues, le mouillait entre mes lèvres, le présentateur parlait des nouveaux missiles, je sentis quelque chose qui rentrait dans mon oreille, un doigt qui poussait vers l'avant, puis se retirait, c'est alors que je trouvai la force de me lever.

— Je vais me dégourdir les jambes, lançai-je en reboutonnant ma robe.

Le client me regarda d'un air surpris, l'excuse était si stupide qu'il ne trouva rien à objecter. J'aurais pu dire que j'avais la nausée, ce qui était vrai, personne n'a envie de se faire vomir sur le ventre,

mais dans ce genre de situation on manque singulièrement de simplicité. Je finis de me rhabiller
dans le couloir de l'hôtel et courus m'enfermer
près de toi.

7

Tu respirais calmement, sans bruit. Je t'embrassai sur le front. Quelque chose bougea, tes paupières, ton souffle, quelque chose d'infime qui me
rassura. Tu serais toujours là pour me consoler.
Même endormi, au plus profond du sommeil, tu
savais me le dire. J'avais envie de pleurer, pleurer
de soulagement, pleurer de te savoir si proche,
pleurer parce que je n'avais gagné que deux fois
cinq cents francs, un dix-septième de ton corps, et
je pensais à ces dessins de bœufs découpés en quartiers par de fins pointillés. Faux filet, rumsteck, collier, plat de côtes… les larmes ne sortaient pas. Je
les sentais là, toutes prêtes, mais il manquait un
mot, une parole — le son de ta voix. Alors, j'allai
longuement me brosser les dents.

8

Le soleil se leva, le petit déjeuner fut servi, le
café refroidit : tu ne te réveillais pas. Enfin vers
midi tu ouvris un œil. Tu avais trop dormi, disais-
tu, tu étais tout pâteux et, plus que jamais, tu avais
soif. Nous nous promenâmes dans la vieille ville.

Je ne sais pas pourquoi, je pensais beaucoup à mes parents ce jour-là. J'avais envie de les revoir. Ils habitaient depuis deux ans une loge de concierge. Les temps avaient changé, les gardiens de résidences secondaires étaient remplacés par des arrosages automatiques, des portillons électriques, des alarmes électroniques, enfin toutes ces choses en *ique* qui rendaient obsolète le paiement d'un salarié. Ma mère continuait à faire des ménages au noir — pour la propreté domestique, les sanitaires, les vitres, le repassage, on n'avait rien trouvé de plus économique que ses petits bras. Mon père bricolait par-ci, par-là. Il avait été obligé d'abandonner ses lapins. Je songeai à lui en marchant, collée contre Silvio, les jambes un peu écartées, ça me brûlait, je me demandais si je n'avais pas attrapé une saloperie — mais non, c'était impossible, mon premier client était la prudence incarnée, double couche de caoutchouc, presque insultant lorsque j'y repense, et le deuxième ne m'avait pas pénétrée. Je devais être un peu irritée, psychologiquement parlant. Je buvais beaucoup, autant que Silvio, de l'eau, encore de l'eau, pour échapper à la cystite. Nous rentrâmes à l'hôtel vers cinq heures. J'avais envie de faire l'amour pour effacer les traces de la nuit. À peine Silvio s'allongea-t-il qu'il se rendormit.

(Je n'arrivais pas à trouver le repos. Je regrettais d'avoir laissé le premier client prendre des photos) Usage strictement personnel... Il se tripoterait en regardant mon image. Sous prétexte d'aller ache-

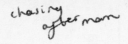

ter un journal (prétexte que j'avançais entre moi et moi-même puisque Silvio dormait toujours), j'allai frapper à sa porte. Je devais le persuader de me rendre la pellicule.

Il n'avait pas quitté l'hôtel. Nous avait vus sortir vers une heure de l'après-midi. Me demanda si tu étais mon homme, ou quoi. Cette question me vexa, je ne répondis pas. Il voulait bien me remettre le film, je lui plaisais, au fond, il me regardait tendrement. Je lui rappelais sa fille, me disait-il en caressant mes poignets. Elle venait de commencer des études de droit. Elle avait comme moi des petits seins écartés. L'idée qu'il m'avait baisée en pensant à sa progéniture me donnait la nausée. Il sortit de son appareil le rouleau et me le remit. Il aurait bien aimé me revoir. Avais-je encore besoin d'argent ? Je ne serais pas la première qu'il dépannerait. Il appelait ça du mécénat sentimental. Non, il ne voulait rien en échange. Presque rien. Il était marié, respectait sa femme, refusait d'avoir comme tous les types de son âge des maîtresses attitrées. Il me trouvait touchante, c'est tout, ça lui faisait plaisir d'aider les jeunes. J'étais une fille bien.

L'homme avait l'air sincère. Si je lui laissais une fausse adresse, il lui serait impossible de me retrouver. J'étais décidée à accepter sa proposition lorsque je lui révélai le montant de la dette. L'annonce du chiffre le fit éclater de rire. Peut-être était-il très riche, peut-être trouvait-il la somme ridicule, et je me mis à rire aussi, j'étais soulagée qu'il le prenne ainsi.

— Seize mille francs, répéta-t-il enfin, c'est bien ce que tu as dit?

J'acquiesçai. J'avais les larmes aux yeux.

— Tu crois vraiment que je vais te signer un chèque de seize mille francs? Je veux bien être gentil, mais là, tu exagères...

Il était sérieux soudain, il me faisait la morale, j'avais l'impression qu'il ne me parlait plus à moi, mais à sa fille.

9

Je marchai lentement jusqu'à l'ascenseur en espérant qu'il viendrait me chercher. J'étais prête à lui redonner la pellicule, s'il insistait.

Il n'insista pas. N'essaya même pas de me rattraper.

10

La fin du mois arrivait et je n'avais toujours pas l'argent. Silvio non plus d'ailleurs. Il m'avoua au douzième jour de vacances que nous avions dépensé presque toutes ses économies. Avec ce que j'avais gagné à l'hôtel, nous louâmes une petite chambre à l'entrée de Paradès, au-dessus d'un café-restaurant. Nous mangions là tous les soirs. Le menu était généreux et la soupe servie avec des croûtons à l'ail. Le cuisinier nous avait adoptés. Il nous donnait double ration de fromage les jours de gratin. Nous étions heureux. Silvio trouva quelques heures de travail dans une brasserie du boulevard des Accoules. Il faisait la plonge. C'était lui que le patron avait embauché, et non moi, alors que nous nous étions présentés ensemble, et je me demandais pourquoi. Avait-il l'air plus fiable ? Plus résistant ? On le payait de la main à la main, en liquide. Je ne sais pas ce qui me poussa à téléphoner à l'homme maigre. Je lui dis que nos plans avaient changé, nous ne pourrions le rembourser ce mois-ci, mais le mois suivant. Il y eut un blanc au bout du fil.

— Le mois prochain ? Ce n'est pas possible, articula-t-il enfin.

Puis : Je viendrai samedi chez ta tante. Si vous n'êtes pas là, je me débrouillerai directement avec elle.

Il me donna son adresse, au cas où je changerais d'avis.

FIRST VISIT

11

L'homme maigre vivait en banlieue. J'avais décidé d'aller le voir chez lui. Silvio m'accompagna à la gare, il croyait que je rentrais pour emprunter de l'argent à ma tante. Depuis quelques jours, il épluchait les petites annonces des journaux locaux. Il avait envie de passer l'hiver au bord de la mer. La veille de mon départ, il rapporta du restaurant où il faisait la plonge une bouteille de champagne. La soirée fut très enlevée. La gérante de la pension nous avertit de quelques vigoureux coups de louche sur les tuyaux du chauffage qu'on nous entendait jusqu'en bas. Silvio débanda. De toute façon, conclut-il, quand j'ai bu, je ne suis bon à rien. J'allumai la radio. Une musique douce envahit la chambre. Nous dansâmes comme des débutants.

Le lendemain, nous nous réveillâmes tous les deux en sursaut. La radio diffusait les informations de onze heures. J'enfournai dans un sac quelques vêtements. Sur le quai de la gare, Silvio n'arrêtait pas de m'embrasser. Il avait du mal à me laisser partir. Une femme moulée dans un corsage synthétique soupira en passant à côté de nous. Elle s'assit un peu plus loin, sur un banc, et ne nous lâcha pas des yeux. Ses chaussures me faisaient penser à celles de Catherine Claire. Au moment de monter dans le train, Silvio l'aida à porter sa valise. J'eus la désagréable impression qu'ils se connaissaient.

Jamais voyage ne me sembla plus long. Je n'avais pas de billet, je fis presque tout le trajet enfermée dans les toilettes. Chaque fois que quelqu'un appuyait sur la clenche je m'arrêtais de respirer, comme si la seule qualité de mon souffle avait pu me trahir. Le contrôleur possédait-il une clef spéciale pour ouvrir de l'extérieur? Je l'imaginais, frappant contre la porte avec sa poinçonneuse, je repensais aux coups de louche, la veille, sur les tuyaux, et plus loin encore à tous ces sons qui, enfant, me terrorisaient — lorsque mon père affûtait ses couteaux, lorsque la maîtresse tapait brusquement des mains pour obtenir le silence, lorsque ma mère se limait les ongles ou que les lapins rongeaient les fers de leurs clapiers. Si le contrôleur parvenait à entrer, j'avais prévu de feindre l'évanouissement. L'idée de m'étendre sur ce sol d'une propreté douteuse me dégoûtait par avance, mais je ne voyais pas d'autre solution. Quelle serait l'attitude du contrôleur ? Penserait-il à regarder dans ma poche pour chercher mon billet ? Fouillerait-il mon sac de voyage ? Et si je persistais à dormir, tirerait-il la sonnette d'alarme ? Appellerait-il la police ? À mesure que le train avançait, le scénario s'obscurcissait. Je me retrouvais au commissariat, soupçonnée du meurtre de Catherine Claire, un projecteur braqué sur le visage, et pourquoi vous cachiez-vous, et pourquoi avez-vous quitté votre emploi, votre domicile, et qui était cet homme qui vous accompagnait dans la cour de la bibliothèque…

Je répondais comme je pouvais, je me débattais, je savais bien que mon histoire présentait de nombreux points d'ombre. Pourquoi avais-je suivi Catherine Claire jusqu'au Café des Charmes ? N'étais-je pas venue m'asseoir à sa place, quelques minutes seulement après l'agression, dans l'intention de me faire passer pour elle ? Mon témoignage serait confronté à celui du serveur. On m'inculperait, un avocat nommé d'office évoquerait mon enfance instable, la précarité de notre vie. Le mot jalousie serait prononcé, et moi j'étais toujours dans les toilettes du train, et je ne savais plus comment m'en sortir. Quelqu'un essayait d'entrer. Finalement, lasse de combattre d'invisibles ennemis, je lui cédai la place. Je n'en pouvais plus d'être enfermée. Je préférais faire face. Mon sac en bandoulière, la carte d'identité prête dans la poche de mon pantalon, j'attendis le contrôleur.

Le train atteignit son terminus sans que personne me demande mon billet. Toute cette peur pour des prunes, c'était décourageant.

L'homme maigre habitait une rue sinueuse bordée de pavillons, à dix minutes d'une station de métro. Je lui avais téléphoné de la gare, il m'avait proposé de passer chez lui. Oui, tout de suite. Le plus vite serait le mieux. Sa maison ressemblait à toutes les autres, en moins bien. Le jardinet n'offrait aucune plantation particulière, la marquise abritait une poubelle au couvercle crasseux. Un chat de céramique à qui il manquait une patte finissait sa carrière sur le toit de tuiles. La sonnette était surmontée d'un rectangle métallique dans lequel, autrefois, avait figuré un nom. Seul élément clinquant dans cette vie au ralenti, une boîte aux lettres toute neuve tirait sa langue de papier glacé, réclame en quadrichromie pour une grande surface « résolument différente ». Je ne comprenais pas en quoi ce type d'argument allait attirer la clientèle. Ne choisissait-on pas d'aller dans un supermarché pour, justement, faire ses courses comme partout ailleurs ? Mêmes marques, mêmes sous-marques, mêmes produits… J'allais sonner lorsqu'une fenêtre s'ouvrit. Un homme me salua du premier étage. C'était lui.

— La porte de derrière n'est pas fermée à clef, dit-il, mais elle est un peu dure. Il ne faut pas avoir peur de pousser…

Pas avoir peur, pas avoir peur, à chaque pas se répétaient les injonctions de l'homme maigre. Je serrais contre moi mon sac de voyage presque vide. Une haie doublée de grillage séparait les deux jardinets mitoyens. Un chien aboya. Sa truffe rose apparut entre les feuilles. Un instant, je crus qu'il s'agissait d'un morceau de peau, le sexe du voisin, il s'était posté là pour me voir, il avait l'habitude d'observer les visiteurs, les visiteuses, mon cœur battait trop vite, trop fort, je ne bougeais plus, n'avançais plus, enfin je vis une patte griffue se glisser à travers les mailles du grillage. Personne ne savait que j'étais là, il pouvait m'arriver n'importe quoi. Pour me donner du courage, je pensai à Silvio, à sa façon de saisir ma nuque entre le pouce et l'index. Je le sentais, derrière moi, guidant ma tête, mes bras, tel un montreur de marionnettes. Je jouais son histoire, je vivais pour lui, par lui, et c'était ça le miracle, ces fils tendus qui nous reliaient l'un à l'autre. La porte s'ouvrit plus facilement que prévu. J'avançai dans un vestibule encombré de vêtements suspendus à des crochets. Un radiateur en fonte émettait de profonds gargouillis. Le chauffage était-il allumé ? L'homme maigre m'attendait en haut de l'escalier, un foulard enroulé autour du cou, on aurait dit une vieille dame. Lorsque j'étais enfant, j'avais souvent des angines. J'aimais bien la façon dont le docteur pressait son bâton sur ma langue. L'homme maigre jeta un coup d'œil par-dessus mon épaule.

— Silvio n'est pas avec toi?

— Non, il travaille.

Cette réponse sembla l'amuser.

— Il travaille, répéta-t-il, Silvio travaille…

Je devinai sous le foulard sa pomme d'Adam qui faisait la navette. Ses tempes se creusaient lorsqu'il souriait. Il était allé chez le coiffeur, ses oreilles ressortaient, comme si elles étaient cousues de part et d'autre de la tête. Nous nous installâmes dans la grande pièce du premier étage qui servait à la fois de chambre à coucher et de salon. Une cuisine était aménagée dans un coin. La salle de bains s'ouvrait sur la gauche. Le rez-de-chaussée était-il occupé? L'idée que quelqu'un d'autre habitait à l'étage au-dessous me rassura. L'homme maigre s'excusa de m'avoir brusquée la première fois, dans le jardin public. Il était un peu nerveux à cette époque, il prenait des médicaments qui ne lui réussissaient pas, il ne fallait pas lui en vouloir. Puis il me demanda si j'avais des questions à lui poser. Comme j'hésitai, il poursuivit :

— Est-ce que tu connais au moins mon nom?

— Ton prénom seulement.

— Et tu ne sais pas pourquoi Silvio me doit de l'argent?

— Non.

— Et Cat non plus, ça ne te dit rien, ni Tom, bien entendu?

— Non.

Boris resta un instant silencieux, il ne savait que penser de cette avalanche de négations. De drôles de bruits venaient du coin-cuisine. Une sonnerie me fit sursauter. C'était la machine à café automatique qui se mettait en route.

— Nous allons commencer par le début. D'abord mon nom.

L'homme hocha la tête, j'attendais qu'il se présente mais il ne semblait pas pressé de le faire. Je restai en suspens, le regardant fouiller dans une pile de journaux posés à même le sol. Une plaquette de pastilles noires tomba par terre. Il la ramassa un peu trop vite. Qu'avait-il à cacher? Enfin, il me tendit une carte de visite. Je lus : Boris Melon. Ce nom correspondait si peu au corps qui se tenait devant moi que je souris à mon tour.

— Qu'est-ce qui t'amuse?

— Rien.

Peut-être était-ce un nom d'emprunt, une carte tirée au hasard. Boris Melon — ou assimilé — me servit du café, me proposa du sucre, du lait, enfin toutes ces choses qui se font en présence d'un visiteur. Il me pria de prendre le fauteuil, plus confortable que le canapé défoncé. Il me demanda si j'avais faim. Me coupa d'office deux carrés de chocolat qu'il glissa sur la soucoupe. Et moi je gardais toujours mon sac sur mes genoux. Je me méfiais.

— Je m'appelle vraiment Boris Melon, reprit-il,

je n'ai aucune raison de te mentir. Silvio m'appelait Melon tout court. Ce n'était pas péjoratif, venant de lui. Quand il utilisait mon prénom, je savais qu'il y avait quelque chose qui clochait.

La conversation se poursuivit sur un ton amical. Mon sac de voyage trouva naturellement une place à mes pieds. Il s'affaissa comme un vieux chien qui se prépare pour la sieste, le museau posé sur les chaussures de sa maîtresse. J'avais l'impression que Boris Melon n'avait pas eu l'occasion de parler depuis longtemps, et qu'il éprouvait à la fois du plaisir et une grande souffrance à évoquer son passé. Silvio était son meilleur ami d'enfance. Pendant dix ans, ils avaient vécu dans la même rue, à deux numéros d'écart. Le matin, ils partaient à l'école ensemble. Le soir, ils rentraient par le même chemin. Ils s'habillaient pareil, on les prenait souvent pour des frères. Silvio était plutôt bon en classe. Boris copiait. Il se débrouillait pour ne pas redoubler. Lorsque Silvio partit en pension, le monde s'écroula.

— Je ne pouvais pas supporter de faire le trajet tout seul, de manger tout seul à midi, des choses aussi simples que ça, oui, Silvio me manquait dans les petites choses.

Boris Melon baissa les yeux. Était-ce bien la même personne qui m'avait abordée dans le square, la même qui nous avait retenus chez Kristen ? J'étais venue chez lui, sur son territoire, dans la perspective de l'amadouer, mais doux était l'homme qui me recevait, d'une amabilité sans faille. Je sentais fondre mes résistances, submergée par un courant très simple, une vague de paroles anciennes qui, de façon intime, me rapprochait de toi.

— Cela doit te sembler incompréhensible, murmura-t-il, comment nous en sommes arrivés là. Pourquoi je menace Silvio et pourquoi il me fuit. Parfois, j'ai envie d'oublier cette dette, de tout effacer, mais ce ne serait pas un service à lui rendre… Silvio est quelqu'un de fragile, ce n'est pas à toi que je vais l'apprendre, il a besoin d'être tenu.

Boris souligna ses paroles d'un geste de la main.

— Pendant son séjour en pension, poursuivit-il, je suis tombé amoureux de Cat, la sœur de Silvio. Ils étaient très proches tous les deux. Ça nous faisait une chose de plus en commun.

Je sursautai. Toi, une sœur ? Moi qui croyais que tu étais fils unique…

— Tu n'as jamais rencontré Cat, n'est-ce pas ?

Je n'eus pas le courage de lui avouer que non seulement je ne l'avais jamais rencontrée, mais que tu ne m'avais jamais parlé d'elle. Je baissai les paupières, signe qu'il interpréta comme un acquiescement.

— Elle te ressemblait. Menue, les pommettes hautes, le regard vif… Silvio a toujours choisi des amies coulées dans le même moule, ça ne m'étonne pas qu'il soit tombé sur toi.

Je repris mon sac sur mes genoux. Je n'aimais pas être comparée à cette fille qui surgissait de dessous la table comme un pion appartenant à un autre jeu. Boris se tripotait le lobe de l'oreille. Sa relation avec la sœur de Silvio semblait très ambiguë. Il fallait qu'il soit là, à côté d'elle, et en même temps elle le défendait d'approcher. C'était ainsi. Ils passaient leurs soirées ensemble pour remplacer le compagnon, le frère manquant. Ils discutaient des heures, debout devant le portail.

— Une nuit, poursuivit Boris, en revenant de l'anniversaire d'un copain de classe, j'ai réussi à l'embrasser. Elle avait beaucoup bu. Elle ne protesta pas, ne chercha pas à me repousser — mais l'indolence de ses lèvres, je la sens encore, on aurait dit de la viande tiède, des abats, quelque chose de très lisse et très mou.

Il n'avait pas pu s'empêcher de les mordre un peu. Cat ne disait rien, elle demeurait immobile, la bouche entrouverte. Sa langue restait coincée derrière ses dents, un peu renflée, comme un chat qui fait le dos rond. Cat respirait bruyamment, c'était très troublant. Boris avait l'impression qu'elle trouvait du plaisir dans cette passivité. Elle le provoquait. Il aurait pu la tuer. Il se demandait pourquoi il me racontait ça...

Et pourquoi s'arrêtait-il de parler ? Je voulais qu'il me dise tout, qu'il comble ce vide dans lequel tu me laissais, il était temps que je sache, temps que je recolle les morceaux.

— À son retour de pension, Silvio n'était plus le même. Il ne supportait plus ses parents. Il s'enfermait dans sa chambre et ne voulait parler à personne.

Le jour de ses seize ans, il refusa de souffler ses bougies. C'était affreux, les invités avaient fini de chanter la chanson rituelle, sa mère tenait le gâteau d'anniversaire devant son fils, à bout de bras, les chairs tremblaient un peu, les flammes aussi vacillaient, le plat était trop lourd, un plat d'argent, un gâteau au chocolat bien dense, à l'américaine, la cire en tombant sur le sucre glacé formait de petits cratères. Silvio leva la tête vers son ami, il avait l'air si triste. Boris comprit qu'il lui fallait souffler les bougies à sa place. Il était le seul à pouvoir l'aider. D'une pirouette il renversa la situation, prétextant un pari qu'il avait fait avec Silvio.

— Quelques jours plus tôt, avoua-t-il, Silvio m'avait demandé d'emmener sa sœur à l'hôpital. Cat était enceinte. Elle devait se faire avorter. J'avais accepté, à condition que Silvio vienne avec nous.

Le front de Boris Melon était devenu très blanc, comme si sa peau trop tendue empêchait le sang de circuler.

— Nous étions là tous les deux, minables, dans le couloir de l'hôpital, nous attendions la fin de l'entretien préliminaire. Quand le médecin appela le père, nous nous regardâmes. Silvio me fit signe d'entrer dans le cabinet de consultation. Il savait pertinemment que je n'avais jamais couché avec sa sœur. Le médecin m'annonça que « mon amie » avait changé d'avis. Ne désirait plus interrompre sa grossesse. Nous devions nous préparer à accueillir l'enfant. C'est là que les vrais ennuis ont commencé. Il a fallu avertir les parents. Les Pozzuoli ont très mal réagi au début. Par la suite, ils ont bien été obligés de prendre leurs responsabilités.

— Prendre leurs responsabilités, ça veut dire quoi?

— Je ne suis pas coupable, répondit-il d'une voix douce, je te jure que je n'ai rien fait.

Coupable de quoi? D'avoir conçu un enfant? D'avoir obligé la sœur de Silvio à avorter? Boris se leva, il ne pouvait plus soutenir mon regard, cette conversation le bouleversait.

— Je suis désolé pour ce qui est arrivé. Désolé est un mot trop faible. J'aimais Cat, je l'ai toujours aimée. Il y avait quelque chose de cassé en elle, un secret, une blessure…

— Que s'est-il passé après la visite chez le médecin?

Boris Melon se tenait le ventre. Il avait du mal à avaler sa salive.

— Que s'est-il passé, insistai-je, a-t-elle gardé l'enfant?

Il me semblait que si cet être existait, s'il était encore en vie, tout s'arrangerait. Je ne sais pas d'où me venait cette intuition. La porte de la salle de bains se referma. Un objet roula sur le carrelage. De l'eau coulait. Boris Melon réapparut en se tamponnant le visage avec une serviette. Il avait enfilé un pull. J'attendais la suite de l'histoire mais il ne paraissait pas disposé à m'en raconter davantage. Il reparla de la dette d'un ton agressif. Répéta qu'il ne s'agissait pas uniquement d'une question d'argent.

— Voilà ce que j'avais à te dire : Silvio n'a pas d'adresse, pas de bureau, pas d'emploi fixe, il n'a même plus sa sœur pour l'aider. Une seule chose le tient au monde, cette somme qu'il me verse, chaque trimestre. Bien sûr, maintenant, il y a toi. Il se sent en sécurité à tes côtés. Il a de la chance… Je comprends que Silvio se débatte, qu'il veuille rompre le pacte, se libérer de son passé.

— Mais je vais rembourser, il suffit d'attendre un peu…

Boris Melon ne m'écoutait pas.

— Je ne peux pas abandonner Silvio, insista-t-il, sous prétexte qu'il a une femme dans sa vie. Je n'ai pas le droit. Il doit payer, c'est le seul moyen pour lui de vivre en paix avec sa conscience. Ça ne m'amuse pas de le menacer, ou de menacer ta tante…

Nous étions revenus au point de départ. Boris me resservit du café. Il était froid. Lorsque je descendis, le radiateur ne gargouillait plus.

12 — robbing his aunt.

J'avais appris beaucoup de choses à propos de Silvio mais je ne soupçonnais pas l'essentiel : je ne savais pas encore que j'en savais si peu. Mon ignorance m'échappait. Je sentais bien qu'il y avait des failles dans le récit de l'homme maigre, mais ces failles ne me dérangeaient pas, je ne voyais pas la nécessité de les combler. Elles étaient les oreilles de l'histoire, leur respiration. Un passé trop lisse, sans aspérités, n'existerait qu'à moitié. Il lui manquerait le creux, il lui manquerait le manque, la perte, la confusion, il se déroberait à la question.

84

Pourquoi m'avais-tu caché l'existence de ta sœur ?
Boris Melon avait-il inventé toute cette histoire,
l'anniversaire, les bougies, et la visite à l'hôpital ?
Un fait était certain : il avait besoin d'argent, et cet
argent lui était dû. J'en avais obtenu la preuve :
avant de partir, l'homme maigre avait sorti d'un
tiroir la lettre signée de ta main où tu t'engageais
à lui verser une sorte de loyer, tous les trimestres,
pendant vingt ans.

Que remboursais-tu à l'insu de tous ? Boris
Melon t'avait-il vendu quelque chose en cachette
de ses parents ? Vous étiez bien jeunes, à l'époque
de la signature, pour conclure ce genre de tran-
saction. Je lui avais demandé s'il s'agissait d'une
histoire sentimentale, une sorte de marché à propos d'une petite amie. Boris m'avait regardée d'un
air triste. Il préférait se taire. Prétendait que c'était
à Silvio de me raconter sa vie. Pas à lui. Cet homme
ne me laissait pas indifférente, je comprenais comment la sœur de Silvio avait pu tomber amoureuse
de lui. Je comprenais aussi pourquoi elle refusait
qu'il la touche. Son corps me gênait. Ce n'était pas
sa maigreur, non, plutôt cette façon de se refermer
autour de sa maigreur — ses gestes raides, sa
colonne prématurément voûtée et ses jambes croisées là, devant lui, lorsqu'il était assis, tressées l'une
dans l'autre, le pied droit cadenassé par la cheville
gauche. Je n'avais jamais pensé que l'on pouvait
être à la fois lourd et squelettique. Question de
densité, sans doute. La chair donne du poids, mais
aussi de la grâce. Elle restitue au corps sa mesure
aquatique. Je n'arrivais pas à imaginer comment

cet assemblage se comportait dans les bras d'une femme. Boris était-il capable d'embrasser sans mordre, capable d'étreindre sans cogner ?

En sortant de chez Boris, j'étais allée directement chez ma tante. J'avais envie de tout lui raconter. J'avais envie de parler à Silvio également, mais je n'avais pas de quoi m'acheter une carte pour lui téléphoner. J'avais envie de retourner chez Boris Melon. Envie qu'il me parle encore de toi, de ton passé. Une question me tourmentait : l'enfant de Cat était-il né ? Vivait-il, et si oui, où vivait-il ? Boris ne savait pas qu'une chose encore me liait à la sœur de Silvio : à seize ans, moi aussi, j'avais attendu un bébé. Mon ami de l'époque, un certain Marc Leroux, était tombé d'une échelle le jour où je lui avais annoncé la nouvelle. Double fracture de l'épaule et deux mois d'immobilisation. Cette chute m'avait confirmée dans ma volonté d'avorter. Toute la classe se cotisa pour offrir un cadeau à Marc Leroux. Je fus bien obligée de participer. Évidemment, personne ne se soucia de moi.

L'appartement de ma tante m'apparut curieusement silencieux, peut-être parce qu'il était mieux rangé que d'habitude, comme figé dans un ordre artificiel. Je m'agenouillai devant l'évier. La bouteille de gaz était fermée. Le robinet d'eau, coupé. La poubelle de la cuisine non seulement vidée, mais propre.

Ma tante, volatilisée.

Je me sentis soudain très lasse. Je n'avais pas

envie d'être seule. Plus l'habitude d'être seule. Ma tante ne bougeait jamais en dehors des vacances scolaires, elle avait ses cours de gym à donner, son entraînement à suivre, pourquoi avait-elle déserté les lieux? J'imaginai le pire, la visite des policiers enquêtant sur le meurtre de Catherine Claire, l'intervention de Boris Melon, peut-être la faisait-il chanter, ma tante n'avait trouvé d'autre solution que d'aller s'installer ailleurs, comme nous, de partir en voyage. Je me mis à chercher dans la chambre à coucher un signe pouvant m'indiquer l'endroit où elle se cachait. Je tombai par hasard sur une lettre de ma mère. Son contenu me laissa toute molle. Ma mère s'inquiétait pour ma santé, mon avenir professionnel, et elle le faisait en termes si tendres que je m'en voulus de ne pas lui avoir parlé de Silvio. Pourquoi avais-je tant de mal à lui annoncer que j'étais heureuse?

Je décrochai le téléphone et composai le numéro de mes parents. Un étranger me répondit. Je raccrochai. Était-il possible que je ne reconnaisse plus la voix de mon père?

Au-dessus des annuaires étaient affichés des horaires de train. Une ligne soulignée indiquait un départ à quinze heures pour Le Croisic. Une autre suggérait un retour à douze heures trente-cinq. Tout cela se révélait moins mystérieux que je ne l'avais pensé. Si ma tante avait eu l'intention de disparaître, elle n'aurait pas laissé ces horaires en vue. Ou alors il s'agissait d'un piège. Ma tante était capable de telles élucubrations. Espérant découvrir d'autres éléments concernant son voyage, je vidai sur le lit le contenu de la corbeille à papier. Ma curiosité fut récompensée. Une circulaire indiquait les dates des classes vertes. Le nom de ma tante figurait dans la liste des accompagnateurs. Son groupe rentrerait dimanche, en tout début d'après-midi.

Il y avait des bières brunes au frigo. Je m'assis devant la télévision. J'avais l'impression de flotter. J'étais là, j'attendais, une fois de plus, un film se déroulait devant moi, quelque chose qui ne me concernait pas. Ça se passait à la campagne, au début du siècle. Un comédien en blouse blanche égorgeait une poule, il l'exécutait de façon pédagogique, sans violence, et j'imaginais la personne qui lui avait montré comment il fallait s'y prendre. Un fermier patient. Un boucher. Mon père. Je devais trouver de l'argent pour rembourser Boris Melon. J'ouvris une deuxième bière. Alors, la solution se présenta à moi. Simple, enfantine. Il suffisait d'un geste, le geste juste, comme pour trancher la gorge du poulet. J'entrai dans le bureau de mon oncle défunt et, ainsi que je l'avais vu faire tant de fois, décrochai de son socle le masque de Panidjem.

Le papier de soie et les sacs en plastique étaient rangés dans le haut du placard de la cuisine.

Le Cabinet des Antiques n'ouvrait qu'à quinze heures. C'était un magasin spécialisé, à en croire la description du guide de mon oncle, dans les objets d'art grecs et égyptiens. Un chat persan dormait au fond de la vitrine. Un éphèbe unijambiste, piqué sur une tige, protégeait son sommeil. Je portais une perruque rousse sous un béret, l'un cachant l'autre, je n'avais pas vraiment confiance en mes dons de transformation. Une robe très banale et des chaussures marron complétaient la panoplie. Je m'étais foncé les sourcils et dessiné une mouche près du nez, signes particuliers facilement escamotables qui permettraient, pensai-je, de brouiller les pistes. J'avais trouvé la perruque dans le placard de la salle de bains de ma tante, cela m'avait surprise, je ne l'imaginais pas en rouquine, mais enfin.

Quinze heures tapantes, le rideau de fer s'enroula vers le haut et, dans un même mouvement, le chat s'étira. L'après-midi commençait. Une femme élégante tenait le Cabinet des Antiques comme on tient salon. Ses cheveux tombaient en deux panneaux convexes s'arrêtant très exactement sur la ligne des épaules. Lorsque j'entrai, le chat se précipita vers moi, ce qui me rendit immédiatement sympathique à la maîtresse des lieux. Si le chat m'avait ignorée, je crois qu'elle n'aurait pas écouté cette jeune fille maladroite qui venait brader un récent héritage. Quand je sortis Panidjem de son sac en plastique, la femme marqua un instant de trouble. Elle m'entraîna dans l'arrière-boutique. Je déposai le masque sur une sorte de pupitre éclairé par deux lampes halogènes. Longtemps elle l'observa. D'un ton égal, censé dissimuler son excitation, elle égrena les qualités de ce visage hors du commun.

Puis énuméra ses éléments constitutifs, bois de cèdre, écume de mer, os, lapis-lazuli, bronze, traces d'or, après avoir lu à haute voix le certificat d'authenticité collé au dos de l'objet.

Enfin m'annonça une somme, payée en liquide.

Sa proposition dépassait de beaucoup et mes espoirs et mes besoins. Je ne savais pas quoi répondre. Avais-je bien entendu? Mon interlocutrice prit mon hésitation pour un refus. Elle devint agressive. Menaça de vérifier la provenance du masque. Me dit qu'elle le garderait dans sa collection privée, qu'il lui serait impossible de le revendre. D'ailleurs il ne fallait pas exagérer la valeur de la pièce, l'un des sourcils manquait — je protestai, les deux étaient bien là, à leur place, alors la femme saisit le sourcil gauche entre le pouce et l'index et, sans précaution aucune, le dégagea de sa cavité. Elle se mit à le malaxer, le transformant en une petite boule noire qu'elle continuait à pétrir, répétant qu'il s'agissait de pâte à modeler, restauration maison, et moi je regardais la plaie ouverte au-dessus de l'œil, cet espace vide, ce creux dans le bois, j'avais très peur soudain, j'avais l'impression que la femme allait m'attraper par les cheveux, soulever mon béret, puis ma perruque, mais non, elle touchait maintenant les pierres incrustées sur le front, il devait s'agir d'un notable, disait-elle, un gouverneur peut-être, objet de la faveur royale, enfin comme je lui répétai que son prix me convenait, elle se radoucit.

— Nous faisons toutes les deux une bonne affaire, conclut-elle en se dirigeant vers un meuble chinois au fond de la pièce.

La femme se pencha pour composer la combinaison du coffre. Elle regarda plusieurs fois vers la porte avant de me remettre une grosse enveloppe en papier kraft dans un sac plastique. Je ne pus m'empêcher de rire. Son brushing, vraiment, était épatant.

De quoi rembourser Boris Melon, avec les intérêts, de quoi lui payer plusieurs trimestres d'avance, de quoi louer une maison au bord de la mer, boire des oranges pressées en terrasse, deux de suite, autant qu'on en veut, de quoi se faire épiler à la cire par une professionnelle et se faire couper les cheveux bien droit, plombés autour de la tête, et pour l'instant de quoi acheter une carte de téléphone et te parler aussi longtemps que je le désirais — mais personne ne répondit, le téléphone de l'hôtel sonna dans le vide —, j'étais riche, nous étions riches, nous avions de quoi voir venir, comme disait ma mère, il n'était plus question que tu travailles dans un restaurant, plus question de manger des sandwichs sur les bancs publics autrement que pour le plaisir, de temps à autre, plus question...

De retour chez ma tante, je m'allongeai sur le canapé du salon. Je m'endormis en regardant une émission de variétés. La sonnerie du téléphone me réveilla en sursaut. Il n'y avait personne à l'autre bout du fil, ou plutôt si, il me sembla entendre une respiration, des bruits, comme une baignoire qui se vide, mais aucun son de voix. Je raccrochai. La télévision marchait toujours. J'avais envie de sortir, je ne supportais plus cet appartement. La porte du bureau était restée ouverte. J'allais la refermer lorsque je vis le socle vide. Je compris que je n'oserais jamais raconter à ma tante que son mari m'avait donné le masque en héritage — et lui avouer que le masque, déjà, ne m'appartenait plus.

Je fis alors d'autres gestes qui ne me ressemblaient pas. Je renversai le socle. Cassai un des carreaux de la cuisine et ouvris la fenêtre. Vidai le contenu de quelques tiroirs par terre et, comme il est d'usage chez certaines personnes de cacher leur magot dans le linge, dépliai les draps et les abandonnai dans le couloir. Tandis que je m'employais à rendre crédible l'intrusion d'un cambrioleur, je me demandai s'il n'aurait pas été sage de voler l'appareil photo, ou l'argenterie, pour que personne de l'entourage de ma tante ne soit soupçonné (Silvio, par exemple, qui connaissait bien les lieux). Cette idée m'accablait, je n'arrivais pas à prendre autre chose que le masque. Je n'avais pas envie de traîner avec moi les preuves de ma couardise — car en effet, ma lâcheté était seule responsable de cette mise en scène. N'aurait-il pas été plus simple de tout dire à ma tante ? Non, je ne pouvais pas, et puis il était trop tard maintenant. J'avais l'impression de faire une crise de nerfs au ralenti, une crise contrôlée, je bousculais les meubles en retenant les lampes, pour ne pas abîmer les abat-jour, déplaçais les souvenirs et, entre deux vases, cassais celui que ma tante utilisait le moins souvent. Il me fallut plus d'une heure pour tout mettre en désordre. Je sursautais au moindre bruit. J'aurais fait une piètre voleuse.

Ma tante rentrait avec ses élèves le lendemain à l'heure du déjeuner. J'aurais aimé lui préparer une surprise, une maison pleine de fleurs, un repas somptueux, mais comment justifier ces dépenses? L'idée qu'elle allait découvrir le cambriolage toute seule me faisait mal au cœur. J'avais envie de la soutenir dans cette épreuve. C'était étrange, je ne me sentais pas vraiment coupable, peut-être à cause de toi qui m'attendais, là-bas. Notre amour avait besoin de cet argent. L'homme maigre exigeait d'être remboursé. Mon oncle était mort. J'étais vivante.

Oui, voilà bien ma seule excuse, lorsque j'y repense à présent : nous étions vivants.

J'imaginais que ma tante serait effondrée sur son lit, ou à quatre pattes dans sa chambre, rangeant ses romans policiers, mais il ne faut pas préjuger des comportements familiaux : quand j'arrivai le lendemain, en fin d'après-midi, tout était encore en désordre et ma chère tante buvait tranquillement son thé. Je la regardai d'un air consterné. Elle m'expliqua que l'appartement avait été visité pendant son absence, mais qu'il ne fallait pas s'inquiéter pour elle, rien d'essentiel n'avait été volé. Et nous voilà poussant du pied les affaires gênantes et préparant toutes deux un festin, coupable et victime réunies par la même gourmandise, le même appétit de se parler, de se raconter, et il fallut que je mente, encore et encore, mais ça n'avait pas grande importance, j'aimais tellement ma tante, être avec elle, comme quand j'étais petite, regarder ses longues mains, ses jambes musclées. Je lui promis de ranger l'appartement pendant qu'elle serait au lycée. Elle n'aurait à s'occuper de rien. Ma tante me remercia. Elle me raconta comment, en rentrant de classe verte, elle avait retrouvé l'appartement sens dessus dessous. Deux policiers étaient venus constater les dégâts. Apparemment, le cambrioleur avait été dérangé. Il avait laissé derrière lui un tas d'objets facilement revendables et n'avait emporté qu'un masque et… une perruque rousse !

— Le masque de ton oncle, précisa ma tante, tu sais…

Sur son visage se dessina un sourire niais. Elle voulait imiter l'expression de Panidjem mais elle riait tellement qu'elle n'y arrivait pas. Enfin, s'essuyant les yeux du coin de sa serviette, elle m'avoua que ce cambriolage était la meilleure chose qui pouvait lui arriver en ce moment.

— Ton oncle a acheté ce masque contre mon gré, tu dois le savoir. J'ai toujours détesté ce sourire, cette paix sournoise, cette fausse sérénité. Tu ne trouves pas qu'il était à gifler ?

Ma tante me resservit du vin. Elle me faisait penser à Silvio quand il avait bu. Elle me raconta plus en détail comment Panidjem était entré dans leur vie. Mon oncle venait d'hériter de son père, une belle somme je crois, et il ne voulait pas dépenser cet argent «pour rien», comme il disait lorsque ma tante évoquait l'idée de prendre une année sabbatique. Il désirait investir dans un objet chargé d'histoire. Sa famille était originaire d'Alexandrie — rien à voir avec les pharaons, ils exportaient de la vaisselle…

— Ton oncle eut le coup de foudre pour ce masque de faux-jeton et l'installa dans son bureau. Comme ça, chaque fois que je le dérangeais pendant ses heures de travail, il y avait le super-intendant, l'ancêtre symbolique qui me rappelait à la raison. Enfin, tu le connaissais, il ne laissait rien au hasard : l'objet était assuré. Celui qui l'a emporté m'a fait un joli cadeau, jamais je n'aurais osé le vendre moi-même.

— Alors tu vas être remboursée ?

Ma tante hocha la tête d'un air satisfait. On aurait dit une petite fille qui garde un secret dans sa poche. Je me retins pour ne pas lui sauter au cou.

— Je vais enfin la prendre, mon année sabbatique. À la rentrée prochaine, si tout se passe bien, je serai à Buenos Aires, j'apprendrai le tango !

Ses pieds esquissèrent quelques pas.

— Et toi, tu viendras me voir avec Silvio, n'est-ce pas, je vous enverrai des billets d'avion et vous viendrez me regarder danser !

La vitre n'était toujours pas réparée. Pour la première fois de notre vie, nous couchâmes dans le même lit. Le lendemain, ma tante se réveilla avant moi. Elle me prépara une tasse de thé qu'elle déposa sur la table de chevet. Avant de sortir, elle glissa dans le magnétophone une cassette de bandonéon. Avait-elle vraiment l'intention de partir en Argentine ? Je me demandai si elle n'avait pas tout inventé, le couple de policiers, l'assurance, l'année sabbatique, pour me mettre à l'aise. Être cambriolée par sa propre nièce, sa protégée…

Il me fallut deux heures pour ranger l'appartement. Lorsque tout fut en place, j'appuyai sur la touche pause du magnéto. Le silence s'éleva. Il était temps d'aller régler les dettes de Silvio.

13

Boris Melon n'entendit pas mes coups de sonnette. Par un de ces hasards qui accompagnent les instants nécessaires, une musique de tango s'échappait des fenêtres du premier étage. La coïncidence me fit sourire. L'appartement de ma tante et le pavillon vibraient à l'unisson, on y jouait la même histoire, la même passion, et si nous partions un jour pour l'Argentine ce serait avec l'argent du masque égyptien et, par conséquent, grâce à la dette de Silvio. Ainsi le monde balançait, d'escroqueries en délectations, avec un crochet de la jambe pour étayer ses parenthèses. J'étais sur la bonne voie, tout se déroulait comme je l'avais imaginé. Dans quelques minutes, l'homme maigre échangerait la reconnaissance de dette contre une liasse de billets. Il ne pourrait refuser une somme de cette importance, plus du double de ce que tu lui devais, jamais une telle occasion ne se représenterait. L'affaire conclue, je poserais une dernière question à Boris Melon : Cat avait-elle gardé son enfant ou l'avait-elle fait passer, comme moi ?

Passer…

La porte de derrière était ouverte. L'escalier sentait le café brûlé, trop longtemps réchauffé sur la plaque de la cafetière électrique. Je ne pénétrais que pour la deuxième fois dans cette maison, j'avais pourtant l'impression d'y avoir mes habitudes. Je pensai que, le remboursement effectué, je n'aurais plus aucune raison de rendre visite à Boris Melon. Plus aucune raison de reconnaître ces odeurs — après le café, la cire, puis l'humidité, puis le tabac. Je suspendis ma veste dans l'entrée et dissimulai le sac en plastique qui contenait la perruque de ma tante sous le capuchon d'un trench-coat. J'avais essayé de m'en débarrasser dans le métro mais les poubelles étaient obturées à cause des alertes à la bombe. Des militaires montaient la garde sur les quais — et voilà comment je me retrouvais chez Boris Melon, soulevant les affaires accumulées dans le couloir pour y cacher la preuve ridicule du vol de Panidjem. Je faillis tout faire tomber. Pourquoi Boris avait-il tant de manteaux ? Ils appartenaient à la même famille de vêtements, classiques et ennuyeux, plus ou moins gris, plus ou moins longs, avec un petit col doublé. Il y avait aussi un blouson en toile taché dans le dos.

Et des parapluies, des chapeaux et encore une veste tricotée. Cette profusion m'étonna. Pourquoi garder ces vieilleries ? Boris était plus attaché au passé que je ne l'aurais imaginé. Il voulait tout préserver, ses habits, ses anciens amis, il ne supportait pas l'abandon. Ne savait pas se départir. Ne savait pas être quitté.

Je trouvai Boris Melon étendu sur son lit, il avait dû s'assoupir en écoutant la radio. Ou peut-être faisait-il semblant de dormir. Il s'agissait du jeu préféré de mon père. Comme je riais — et comme j'avais peur — lorsqu'il restait ainsi allongé sur le divan, parfaitement immobile. Je le tapais pour le réveiller, à cheval sur son ventre, lui tirais les joues, appréciant au passage l'élasticité de sa peau. Il ne se défendait pas, ne soufflait pas, il encaissait et soudain, au moment où je m'y attendais le moins, soulevait les paupières. Ses yeux transparents me fixaient, inertes, terrifiants. Mon père avait quitté son corps, oui, à cet instant précis, j'étais persuadée que mon père vivait ailleurs, dans un monde intermédiaire où il voulait m'entraîner. Je hurlais. Si j'essayais de m'enfuir, il me prenait la tête entre les mains et m'obligeait à le regarder. Parfois, il coinçait ses joues entre ses dents, avançait ses lèvres et, en fronçant le nez, imitait le lapin. Je sentais son souffle sur ma bouche. Ma mère, de la cuisine, criait que ça suffisait, ce n'était pas vraiment la peine de m'exciter juste avant le dîner. Mon père me lâchait. On ne peut jamais plaisanter, avec toi, disait-il à sa femme. Il ne s'adressait pas à moi. Je n'existais plus. La partie était terminée.

L'homme maigre dormait bel et bien, ce n'était pas un jeu. J'en profitai pour aller me laver les mains. Je pensais trouver un certain désordre dans la salle de bains, mais non, la pièce était bien rangée, les serviettes pliées, pas un cheveu ne traînait dans le bac de la douche. Je m'apprêtais à saisir le savon lorsqu'une présence inattendue perturba mon geste. Je levai les yeux. Sur l'étagère, au-dessus du lavabo, était scotchée la photo d'un bébé.

Un beau bébé grave, là, en évidence, parmi les rasoirs, le coton chirurgical, la brosse à dents et le tube de dentifrice. Une bouteille d'éther était restée ouverte, juste sous le nez du nourrisson. L'association me fit monter les larmes aux yeux.

Je sortis sur la pointe des pieds de la salle de bains, les mains humides, j'avais envie de partir. Je griffonnai un petit mot que je pliai autour des billets. Il me suffirait de les poser à côté de Boris et d'emporter la reconnaissance de dette. Je pensai à Clément, un ancien camarade de classe que j'avais surpris en train d'inhaler de la colle dans les toilettes du lycée. Sa bouche était plaquée sur un sac en plastique, et le sac se gonflait et se dégonflait comme s'il avait mis ses poumons en démonstration. Clément me dévisageait d'un air évaporé. Me reconnut-il? Je m'entends encore lui dire qu'il ferait mieux de fermer sa porte, quand il allait aux cabinets, réflexion stupide, et je me revois m'éloigner, la vessie pleine, un peu sonnée. Beaucoup d'entre nous fumaient de l'herbe, des lianes, de la peau de banane séchée au four classique ou au micro-ondes, suivant les moyens, les modes et les arrivages, mais la colle et le trichlo étaient considérés comme des substances dangereuses, à ne pas toucher. C'étaient des bruits qui couraient : ça pouvait rendre fou. Nous étions tous très attachés à la normalité, rares étaient ceux qui transgressaient les règles. Deux mois plus tard, Clément fut exclu de l'établissement. Personne ne comprit pourquoi cet adolescent timide que, volontiers, on bousculait, avait été renvoyé.

Personne, sauf moi. Et j'ai gardé le secret. Je le garde toujours. Il est là, encombrant, souvenir satellite qui revient d'année en année, se chargeant à chaque passage d'une résonance nouvelle. Les poumons se gorgeant d'air, puis se dégorgeant. L'odeur de l'éther. L'odeur du chou blanchi à l'eau. L'image fugitive d'une assiette de concombre en rondelles rendant leur jus sous un semis de sel. La sensation de perte, oui, de perdre sa substance et de se ramollir. Se voir pâlir. Sans rien faire — voilà le plus difficile à supporter : sans rien faire. Les bras ballants regarder Boris Melon et ne pas oser baisser le son de la radio. La présentatrice prenait sa voix la plus suave pour annoncer les programmes de la soirée. Je l'imaginais carrée, avec des yeux de merlan et la raie au milieu. Un fond de teint épais en guise de panure. J'étais sur le point de descendre lorsqu'un détail me retint : le téléphone mural, près du radiateur de la chambre, pendait au bout de son fil. Ces bruits d'eau, cette respiration… Je repensai à l'appel muet de la nuit précédente. Je raccrochai le combiné puis, le décrochant à nouveau, appuyai sur la touche orange. Le dernier numéro appelé se recomposa automatiquement.

Je ne fus pas surprise de tomber sur le répondeur téléphonique de ma tante.

La nuit dernière, Boris avait essayé de me joindre. Que voulait-il me dire ? Près de la table de nuit, par terre, je remarquai un sac en papier qui contenait des médicaments. Une petite bouteille de verre teinté dépassait. Le nom du pharmacien figurait sur l'étiquette, sous forme de tampon.

Un tampon à ton nom, ton nom de famille.

(Boris Melon achetait ses médicaments à Soisiel-Chapegrain, chez le père de Silvio. J'essayai de me raisonner.)Cela n'avait, en soi, aucun caractère surprenant, puisque les Melon et les Pozzuoli étaient voisins, mais de lire ton patronyme associé à celui de l'homme maigre me troubla. Je ne m'attendais pas à te retrouver sous la forme d'un tampon sur l'étiquette d'une bouteille. Nous vivions loin de ce monde-là. Tu me parlais si rarement de ta famille. Tu n'avais même pas une photo de tes parents, ni un objet en terre fabriqué par ta mère. Soudain, je pensai que Boris Melon pouvait être malade. Je posai ma main sur son front. Il n'avait pas de fièvre. Mais pas du tout. Je saisis son poignet.

L'homme maigre n'était pas seulement froid, il était mort.

Ce qu'il faut dire et ce qu'il faut cacher, la part des choses, de l'ordre dans mes pensées… Je n'arrivais pas à tenir en place, mes lèvres bougeaient malgré elles, je crois que si tu n'avais pas été chez ma tante, je serais allée au commissariat et j'aurais tout déballé.

C'est toi qui m'avais ouvert la porte. Tu étais arrivé par le train de midi, tu voulais me faire une surprise.

Pour une surprise… Tu me serras, tu me soulevas et je fondis en larmes dans tes bras. Catherine Claire, Boris Melon, j'avais l'impression que l'histoire se répétait. Ma tante apparut, elle essaya de me calmer, me tendit un verre d'eau, ce que tu peux être sensible, commenta-t-elle (un brin jalouse peut-être de mon émotion), tu n'as pas vu ton Silvio depuis deux jours et regarde dans quel état tu te mets…

— Boris Melon est mort, articulai-je.

Silvio me reposa, me saisit par le menton, secoua un peu mon visage comme pour faire sortir le trop-plein de larmes et m'obligea à répéter la nouvelle. De qui parles-tu, comment as-tu appris son nom, qui t'a mise en contact avec lui, ses mains tremblaient, il ne me demanda même pas de quelle façon son ami d'enfance avait trouvé la mort (parce que, en vérité, je le comprendrais plus tard, la façon ne l'intéressait pas, ce qui lui importait c'était le pourquoi, par quel miracle l'information était parvenue jusqu'à mes oreilles).

Silvio marchait de long en large. Comment ne pas le soupçonner ? Il avait toutes les raisons de supprimer Boris Melon. Il me disait avoir pris le train de midi, mais qu'est-ce qui me prouvait qu'il n'était pas arrivé la veille ? Silvio, meurtrier. C'est étrange, l'association des deux mots ne me fit pas vraiment d'effet. J'essayai d'imaginer l'annonce de la nouvelle à la radio, la voix égale de la journaliste, un homme empoisonné par son ami d'enfance, et qu'est-ce que ça changeait entre nous ? Je regrettais simplement d'avoir vendu le masque égyptien. Je voyais les liasses inutiles dans l'enveloppe de papier kraft. Je n'avais plus personne à rembourser, plus personne à sauver, je n'étais plus une héroïne mais une petite fille maladroite que l'on pressait de questions. Je racontai mes deux visites chez l'homme maigre en laissant de côté les confidences familiales. Silvio m'écoutait-il ? Et moi, se lamentait-il, moi qui pensais t'emmener au bord de la mer...

Il sortit les réservations de sa poche, redoutant que je ne le contredise. Avait pris l'initiative de vendre la voiture pour récupérer un peu d'argent. Ne comprenait pas ce qui me poussait à me mêler de ses affaires. Oui, il avait des dettes, mais était-ce une raison pour les rembourser ? Il répétait que Boris Melon était une sangsue, un maître chanteur, et ma tante était d'accord avec lui. Selon toute évidence, Silvio lui avait déjà parlé de ses problèmes avec l'homme maigre. Elle déclara très naturellement que le cadavre de Boris Melon ne pouvait pas rester dans le pavillon. C'était drôle la façon dont elle prononça ces mots, et les mots suivants, comme si elle donnait une recette de cuisine. Une noix de beurre, une pincée de sel, voilà le danger : d'après elle, la police ne serait pas longue à découvrir la reconnaissance de dette et Silvio figurerait en première ligne sur la liste des inculpés.

Le fait que ma tante ne doute pas un instant de ton innocence me surprit. Était-elle plus naïve que moi, plus romantique, ou mieux renseignée ?

— Avant de partir, j'ai récupéré la reconnaissance de dette, annonçai-je en la tirant fièrement de ma poche.

Je pensais produire mon petit effet mais personne ne me félicita. Silvio m'arracha le papier des mains. Il s'assura qu'il s'agissait bien de l'original et le déchira. Ma tante lui tendit un briquet. Soudain il se figea.

— Tu n'as rien trouvé d'autre ?

Non, qu'aurais-je dû trouver ? Silvio avait l'air embarrassé.

— Chez Boris Melon, avoua-t-il, il y avait d'autres documents compromettants. Des lettres de menace. Plusieurs lettres de menace.

— Des lettres que tu lui as envoyées ?

Nous nous regardâmes, ma tante et moi, consternées. Silvio s'expliqua. Il n'en pouvait plus d'être poursuivi par ce type. Bien entendu, il ne serait jamais passé à l'acte, il voulait effrayer Boris

Melon, l'obliger à disparaître de sa vie. Il n'avait pas supporté qu'il vienne le relancer chez Kristen.

Il fallait lui faire confiance, nous devions le croire…

Oui, croire, ça je m'y connaissais.

— Et les empreintes de Domino, dit soudain ma tante, tu y as pensé aux empreintes de la petite ? Non, il n'y a pas d'autre solution, il faut absolument intervenir avant que les voisins ne soient alertés.

Alertés par quoi ? L'odeur ? L'accumulation des prospectus dans la boîte aux lettres ? Boris n'était pas homme à entretenir des relations amicales avec son entourage. Peut-être le chien se rendrait-il compte de quelque chose, mais les maîtres manquent de finesse quant à l'interprétation des dires canins. Ma tante était moins sûre que moi de l'indifférence des voisins. Quand elle se tut, Silvio la pria de nous laisser seuls quelques minutes. Ma tante sortit du salon à contrecœur. Je crus que Silvio allait lâcher le morceau, avouer son crime, mais non. Je revoyais la bouteille d'éther, ouverte, sur la tablette de la salle de bains. Peut-être s'en était-il servi pour endormir Boris. Un tampon plaqué sur le nez, on voit ça dans les films. Silvio s'assit à la table et me regarda longuement, en silence. Il attendait un mot de moi, une excuse spontanée. Il s'efforçait de garder son sang-froid, refrénant une envie évidente de m'interroger. Je restai muette. Il finit par s'impatienter et me demanda comment j'avais fait ça.

Je souris, je ne comprenais pas, « ça » quoi, Silvio

précisa son accusation : il croyait que c'était moi qui avais tué Boris Melon. Il ne dit pas « tué », mais éliminé, je crois, ou quelque chose de ce genre, comme s'il parlait à une professionnelle. Je me mis en colère. Il ne releva pas mes alibis, n'entendit pas mes accusations, prétendit que j'étais très fatiguée, choquée sans doute, qu'une seule personne ici avait la tête sur les épaules : ma tante. Oui, le corps de Boris devait disparaître si on ne voulait pas se retrouver tous les trois dans un drôle de merdier, voilà quelle fut sa conclusion élégante :

— Un drôle de merdier pour tous les trois, à cause de toi.

J'étais à bout d'arguments. Et puis il valait peut-être mieux s'en tenir à cette version : si j'acceptais d'être coupable, Silvio devenait innocent. Je préférais me charger d'une faute que j'étais sûre de ne pas avoir commise. Notre vie était ailleurs, au-delà des preuves et des accusations. Une seule chose m'importait : que tu restes près de moi. Je n'aurais pas supporté que l'on t'arrête. Tu étais fragile, Boris Melon m'avait avertie, maintenant qu'il avait disparu c'était à mon tour de te protéger.

Ma tante avait profité de son exclusion du salon pour sortir du congélateur une blanquette de veau. Elle regardait tourner le plat dans le four d'un air concentré. Silvio lui demanda si elle se sentait bien.

— Je réfléchis, répondit-elle.

Il n'y avait plus de riz dans la maison, nous

mangeâmes en silence la blanquette avec des spaghettis.

<h2 style="text-align:center">14</h2>

À la fin du repas, ma tante nous fit part de ses conclusions. Son plan était arrêté. Demain, elle emprunterait les clefs du lycée. Elle connaissait un endroit près de l'ancienne chaudière où personne n'aurait l'idée de mettre son nez. En attendant, nous devions tous les trois nous reposer. La nuit prochaine risquait d'être longue.

Je n'arrivai pas à trouver le sommeil. Je me revoyais entrer dans la chambre de Boris Melon. Tout était à sa place, les meubles, les piles de livres, rien n'avait été dérangé. Nulle trace de bagarre, juste les draps, un peu froissés. Combien faut-il d'heures pour qu'un corps refroidisse ? Je revoyais le visage détendu de Boris Melon. Il était mort sans souffrir. Les yeux fermés. Sans porter sur le monde un dernier regard d'effroi.

Mort sans souffrir, les yeux fermés, me répétai-je mentalement, pour me persuader moi-même de l'innocence de Silvio, sans souffrir, les yeux fermés, jusqu'à ce que les mots perdent leur sens. Alors je m'endormis et je rêvai qu'un homme qui ressemblait à Silvio égorgeait Catherine Claire. Il le faisait calmement, sans excitation malsaine, comme le comédien avec son poulet.

En sursaut je me réveillai. Voilà, c'était la police, on venait t'arrêter… Ma tante avait enfilé son peignoir de bain. Elle connaissait les deux hommes en uniforme. Ils devaient juste vérifier la position des gouttières. L'inspecteur confirma : le cambrioleur était entré par la fenêtre, en passant par le balcon des voisins.

— La compagnie d'assurances nous demande un rapport précis, expliqua-t-il à ma tante. Il paraît que ce masque égyptien est une pièce de musée. Nous avons signalé aux douanes sa disparition. Nous ferons tout, madame…

L'inspecteur n'était pas insensible aux charmes sportifs de son interlocutrice. Il prenait plaisir à diluer la conversation dans des propos d'une banalité douteuse sur le climat insalubre du quartier. Il tendait à ma tante des perches qu'elle ne saisissait pas, étayant ses phrases de pourcentages que semblait contredire le regard glacial de son collègue. Il réussit à glisser entre les chiffres le numéro de son téléphone portable, si jamais ma tante avait besoin de lui.

Je crus qu'il avait fini, je m'étais trompée.

— C'est que nous sommes bien placés, dans la police, renchérit-il, pour prendre la température des populations déplacées. Un jour ça va péter, excusez-moi l'expression.

Puis, baissant la voix :

— Entre nous, ils seraient mieux chez eux, au

soleil. Moi, si j'étais à leur place, je n'hésiterais pas une seule seconde…

Il écarta ses doigts et fit mine de s'éventer. Pendant toute la conversation, ma tante avait gardé ses mains serrées sur son peignoir, comme si elle se retenait pour ne pas envoyer l'inspecteur au tapis. L'autre policier lui adressait des grimaces compatissantes. Il l'aimait bien, lui aussi, la prof de gym, il ne se lassait pas de regarder ses gouttières, et si son supérieur n'avait pas été aussi envahissant…

Ma tante se retournait souvent vers le salon. Je la voyais qui cherchait Silvio du regard. Où était-il, pourquoi ne venait-il pas la délivrer du bavardage de cet imbécile ? Enfin, les deux hommes prirent congé en lui assurant une fois encore qu'ils feraient tout pour retrouver le masque égyptien.

Ma tante n'en demandait pas tant(Silvio sortit des cabinets — et je pensais : s'il avait été innocent, se serait-il caché ?)

16

Ma tante revint de ses cours de l'après-midi en agitant les clefs qui ouvraient les portes principales du lycée. Elle parlait beaucoup, entrecoupant ses propos de rires brefs, je ne voyais pas ce qu'elle trouvait d'exaltant à l'idée de transporter un macchabée.

— Et si quelqu'un a besoin des clefs ? demanda Silvio que l'assurance de ma tante rendait également méfiant.

Ma tante avait réponse à tout. Il s'agissait d'un trousseau de secours qui restait accroché près des casiers. Tous les professeurs savaient qu'il était là. Si par hasard le gardien venait à constater sa disparition, il n'aurait aucune raison de la soupçonner, elle, en particulier.

Ma tante avait retrouvé son sérieux. Je la préférais ainsi, grave, prévoyante. Il y avait dans sa façon de nous aider une détermination effrayante. Il me semblait parfois que ma tante tenait à nous plus que nous-mêmes. Que cherchait-elle, qu'avait-elle perdu, où voulait-elle nous conduire ? Était-il possible qu'elle eût, elle aussi, sa part de responsabilité dans la mort de Boris Melon ?

J'étais restée à la maison toute la journée. Je n'avais pas envie de bouger, c'était ma façon à moi d'avoir peur, ma façon de me protéger. Silvio rapporta du marché aux puces trois combinaisons de travail d'occasion qui devaient nous faire passer, d'après lui, pour des artisans — des peintres, des électriciens, il n'avait pas d'idée précise sur le corps de métier. Comme il me voyait sceptique, debout devant le miroir de la salle de bains, la salopette bâillant à la taille, Silvio repartit à la recherche d'une casquette pour y cacher mes cheveux. Il revint quelques heures plus tard en possession de deux bérets. Je sortis de ma valise une paire de tennis bleu marine que je n'avais pas portée depuis l'épreuve de gymnastique du baccalauréat. Silvio chaussa les bottillons lacés de mon oncle, ceux qui l'avaient accompagné dans ses multiples voyages. Ma tante garda ses chaussures plates et nous prêta des gants. Après mûre réflexion, nous avions décidé de nous rendre au lycée avec sa voiture — un temps nous avions pensé louer une camionnette, mais la perspective de laisser l'une de nos signatures sur le registre du garage nous en avait dissuadés.

La 4L de ma tante était garée dans une impasse. Nous fîmes trois fois le tour du quartier à la recherche d'une benne de dépôt d'objets encombrants pour récupérer de quoi emballer le corps, sans succès. Ma tante agrandit le diamètre du cercle. J'avais un peu mal au cœur à force de tourner. Enfin, la 4L s'immobilisa devant une entreprise qui construisait des décors de cinéma. Comment ma tante connaissait-elle cet endroit ? Elle grimpa avec agilité dans la benne qui occupait le trottoir et en extirpa, avec l'aide de Silvio, un rouleau de moquette grise. Nous le fixâmes sur la galerie de la voiture. Ma tante insista pour vider deux sacs à gravats.

L'un pour la tête, expliqua-t-elle, l'autre pour les pieds.

Il était dix heures du soir, nous avions faim et trop de gens marchaient encore dans les rues pour que nous puissions accomplir notre mission. Silvio nous invita à manger un couscous. Nous sortîmes du restaurant repus, un peu endormis, totalement décalés par rapport à la situation. Ma tante, entre pois chiches et brochettes, nous avait parlé de son enfance, des chèvres et de ma mère — qu'elle n'appelait pas « ma sœur », ni Michèle (c'était son prénom), mais « ta mère », en me caressant gentiment le dos de la main.

17

Nous avions chacun notre lampe de poche. Le chien des voisins devait dormir. Je m'approchai du lit. Je fus surprise de retrouver l'homme maigre dans la même position que la veille, comme si je n'avais pas encore compris qu'il était mort, c'est-à-dire *définitivement* mort. Ou peut-être m'attendais-je, au contraire, à le voir étendu sur le dos, les bras croisés, le teint cireux, les cheveux peignés, image d'Épinal du regretté classique, veillé, pleuré, puis mis dans un trou ? Je ne savais pas très bien où j'en étais. Il n'y avait plus rien à faire pour Boris Melon, et pourtant nous faisions, nous nous agitions, nous lui donnions un avenir que jamais il n'aurait eu s'il s'était contenté d'être enterré ou incinéré. Sa disparition engendrerait nombre de suppositions — Boris Melon a toujours aimé les métamorphoses, dirait-on, rien de surprenant à ce qu'il soit parti sans laisser d'adresse. On prononcerait les mots liberté, évasion, mystère. Un jour, on l'imaginerait frappant à la porte de ses parents. Quelle joie, quelle surprise ! Bien sûr, au préalable, ces mêmes parents, avec l'aide active de leurs voisins et amis, les Pozzuoli, auraient fait le tour des morgues, des hôpitaux et des institutions psychiatriques. Un espoir, une fausse piste, cet amnésique peut-être qui avait débarqué dans une gare alsacienne, l'esprit allégé — mais non, ce n'était pas lui. On se ferait du souci pour sa santé. Un instant, on soupçonnerait quelque chose de plus grave, un instant, oui, on n'oserait pas prononcer le mot de suicide (on parlerait d'acte désespéré). Comment savoir.

Comment savoir? Je me posais la même question en regardant Silvio fouiller les vêtements de son ancien ami. Les lettres de menace se trouvaient dans la poche intérieure d'une veste de cuir. Silvio les déchira et, ainsi qu'il l'avait fait pour la reconnaissance de dette, les brûla. Ma tante récupéra les cendres puis tous deux s'occupèrent de Boris pendant que j'enlevais les empreintes digitales avec une chemise de nuit en pilou, prévue spécialement à cet effet. Je n'oubliai ni le téléphone mural ni les robinets. Dans la salle de bains, je ne pus m'empêcher de décoller la photo du bébé. Je la glissai dans ma poche, comme si par ce geste j'avais réussi à effacer l'image de Clément. Après un instant d'hésitation, je rebouchai la bouteille d'éther.

Ma tante m'appela pour que je les aide à descendre. Elle s'empara des pieds chaussés de plastique. Silvio se plaça au niveau des épaules. Ils n'avaient pas lésiné sur le chatterton. Le virage était à angle droit, Silvio rata une marche et se raccrocha aux manteaux qui encombraient la cage d'escalier. Le trench-coat tomba sans que je puisse le retenir. Ma tante me demanda ce que je fabriquais, ce n'était pas le moment de semer de nouvelles empreintes. Quelque chose de mou vint s'échouer sur le radiateur. À la lumière de la lampe de poche, ça ressemblait à un vieux chien.

— Ma perruque, s'exclama ma tante, ma perruque rousse, et comme elle restait là, contemplant ses faux cheveux, Silvio devina la suite.

— Le salaud... Tu crois que c'est Boris qui t'a volé le masque ?

Il n'y avait pas de doute possible. Aurais-je voulu faire endosser à Boris Melon la responsabilité du cambriolage que je n'aurais pas agi autrement. Je ne savais pas encore si je devais m'en réjouir. Ma tante agitait sa lampe de poche dans tous les sens, elle soulevait les manteaux, ouvrait les placards : Panidjem n'était pas loin, il fallait le retrouver, il n'était pas question que la famille Melon se l'approprie.

Le corps fut déposé provisoirement au rez-de-chaussée. Il n'y avait pas de locataire, semblait-il, mais trois pièces sombres meublées de façon disparate. L'une d'elles, autrefois aménagée en salle de bains, servait de labo photo. Ma tante était persuadée que le masque était dans les parages. Je le sens, répétait-elle, je le sens, en déplaçant les bacs de couleur vive. Toujours guidée par son instinct, elle monta sur le siège des toilettes et glissa sa main dans le réservoir de la chasse d'eau — mais dans le réservoir, il n'y avait que de l'eau, et sur le bout des doigts de ma tante une odeur de rouille. Silvio avait fouillé les autres chambres, sans succès. En haut je n'avais rien découvert, et pour cause. Ma tante soupira. Je lui demandai ce qu'elle aurait fait du masque si elle l'avait retrouvé. Mis à la consigne, répondit-elle, comme s'il s'agissait d'une évidence — et je compris soudain où je devais déposer les liasses de billets données par l'antiquaire. Il n'était pas question que je les montre à Silvio. Pas question que je lui dise que Boris Melon, son ami d'enfance, était mort pour des prunes, que nous aurions pu le rembourser, et même racheter l'intégralité de la dette. Un jour, plus tard, quand les esprits seraient apaisés, je ferais semblant de gagner au Loto — alors, le magot sortirait de sa cachette. Si ma tante n'avait pas touché l'argent des assurances, je lui offrirais son voyage en Argentine. Nous pourrions aller nous installer tous les trois à Buenos Aires. Oui, la perspective me plaisait, vivre ailleurs, dans une autre langue, une autre musique, tous les trois.

Nous n'en étions pas là. Ma tante, ayant abandonné l'idée de revoir Panidjem, s'attela de nouveau à la phase principale de notre programme : sortir le corps du pavillon. La suite se déroulerait en silence, dans la rue — descendre la moquette, y enfourner le cadavre, hisser le tout sur la galerie, ligoter, tendre, accrocher, puis, quelques kilomètres plus loin, répéter l'opération, en sens inverse. Tout se passa comme prévu. Si quelqu'un nous avait surpris devant l'entrée principale du lycée, il se serait demandé quels étaient ces artisans qui venaient poser de la moquette à une heure du matin. Et poser de la moquette où ? Dans le réfectoire ? Dans les salles de classe ?

Nous nous dirigeâmes sans perdre de temps vers la porte qui menait aux sous-sols. L'escalier était assez raide, Boris Melon manqua de glisser en dehors de son fourreau. Ma tante fut prise d'un rire nerveux en le rattrapant, il se fait la malle, disait-elle, il se barre, je ne peux plus le retenir, et son rire était contagieux. Je tirais sur les pieds, un peu dégoûtée par le contact de la peau sous la matière plastique, mais sans tristesse aucune, sans compassion. Ces sentiments viendraient plus tard, avec la crainte et le remords. Expérience étrange, pensai-je, que de transporter des jambes dans un sac, à l'horizontale, comme si le monde de l'enfance avait basculé. Je revoyais nos courses en sac, au centre de loisirs, et ces petits bonbons qui tenaient lieu de décorations, inoubliables Cars-en-sac aux couleurs de drapeaux, crottes de souris patriotiques que nous mangions en silence, la toile de jute en tapaillons sur les chevilles. Cars-en-sac, course en sac, pour la première fois je faisais le rapprochement entre le jeu et sa récompense, la première fois tout en aplatissant de l'ongle le chatterton récalcitrant. Il fallait descendre encore quelques marches avant d'accéder à l'ancienne chaufferie. Les murs étaient tapissés de tuyaux et de potentiomètres archaïques. Enfin, nous arrivâmes à la réserve de charbon. Ma tante avait prévu de laisser le rouleau dans une pièce attenante. Silvio insista pour enfouir le corps sous les boulets.

Nous refîmes surface une heure plus tard, toujours en tenue de travail, mais en ayant changé de profession. Noirs nous étions, les mains, le visage, les salopettes, de vrais bougnats d'opérette. Silvio n'arrêtait pas de tousser. Il avait beau avaler sa salive, racler, ramoner, ça ne passait pas. Il devait boire, impérativement trouver de l'eau avant de sortir dans la rue. Les toilettes s'ouvraient sur notre droite. Ma tante d'un geste brutal lui en interdit l'accès.

— Laisse-moi, insista Silvio, on va se faire repérer, avec une toux pareille, je vais réveiller toute la rue…

Ma tante résista. Elle ne voulait pas qu'il salisse les lavabos du lycée. Chaque matin, le gardien inspectait les sanitaires. Un perfectionniste, le gardien — je pensai à mon père. C'était la première fois que je voyais Silvio et ma tante s'opposer. Enfin, comme le débat s'éternisait, chacun pesant les risques encourus par l'autre, d'un côté le bruit, de l'autre les traces de charbon inévitables sur les céramiques blanches, je crus entendre quelqu'un marcher au-dessus de nos têtes. Silvio s'arrêta de tousser. Ma tante me saisit la main et, à grands pas élastiques, nous sortit du lycée.

Sans mot dire, nous regagnâmes la voiture. L'extravagance de notre acte commençait à se révéler. Et si (…)? avançait Silvio. Mais alors (…), renchérissait ma tante. J'étais assise sur la banquette arrière, je n'entendais pas bien leur conversation. Dans ma poche je sentais la photo du bébé. Si je n'avais pas décidé de me faire avorter, mon enfant aurait eu sept ans au mois de décembre. Et je n'aurais jamais rencontré Silvio.

À tour de rôle nous prîmes une douche. J'avais hâte de me coucher. Ma tante enfourna salopettes, cendres, gants, chemise de pilou, chaussures et bérets dans une valise de toile écossaise qui datait de son premier voyage en Égypte. Elle trouvait bonne mon idée de la jeter dans le canal. Furent ajoutées au colis des indésirables quelques boîtes de conserve, cœurs de palmier et raviolis, pour l'aider à couler. Ma tante voulait repartir sur-le-champ, mais je ne m'en sentais pas le courage. Silvio non plus d'ailleurs qui, soudain, était d'humeur tendre. Ma tante sortirait seule. Et seule nous débarrasserait des preuves encombrantes pendant que, enlacés, nous mettrions en branle la petite mécanique de l'oubli.

18

Inquiétude. Même Silvio, les premiers jours qui suivirent l'expédition, préféra rester dans l'enceinte de l'appartement. Nous nous refermâmes l'un sur l'autre, une fois de plus, essayant de gommer à force de caresses les traits qui nous reliaient à Boris Melon. Je me demandais ce que deviendrait son corps. Le sel conserve, mais quelles sont les propriétés du charbon ? Le carbone absorbe les gaz, répondais-tu évasivement, mon père en vendait à ses clientes ballonnées — et je pensais que, l'anthracite aspirant ses parties volatiles, Boris allait se momifier, rejoignant à sa façon le défunt Panidjem. Et ses cheveux, tu crois que ses cheveux vont s'arrêter de pousser ? Et ses ongles ?

Je continuais à te soumettre des problèmes techniques pour t'éviter de répondre à ces questions plus intimes que je me retenais de te poser. Je te protégeais de ma propre curiosité. Je voulais avoir confiance en toi. Tu me parlerais quand je serais prête à t'entendre, il était inutile de te brusquer. Je savais que ton mutisme comme ma discrétion formaient l'essentiel de notre complicité — tes silences au même titre que les miens méritaient d'être écoutés. Nous étions soulagés lorsque, revenant de son travail, ma tante nous confirmait l'extraordinaire indifférence des élèves à la présence d'un cadavre dans le sous-sol de leur établissement. Ils portaient leurs cartables, séchaient les cours, traçaient leurs cartes de géographie avec constance et application. Quant au gardien, il restait figé dans une routine que rien, semblait-il, ne réussissait à bouleverser (tu vois, disait Silvio, j'aurais très bien pu aller boire un coup dans les toilettes, et cela devint une blague entre lui et ma tante, cette gorgée d'eau qu'elle lui avait refusée).

Vers la fin de la semaine, nos appréhensions s'estompèrent. Nous vivions la réussite de notre entreprise comme un miracle. Solidaires nous étions, unis plus que jamais par cette masse immobile, ce poids d'ombre enfoui sous les boulets. Notre première sortie collective nous conduisit au cinéma, la deuxième dans un restaurant indien du boulevard Lassière et la troisième, en dépit de toute prudence, non loin du lycée pour acheter une nouvelle machine à laver — celle de ma tante avait rendu l'âme, elle refusait de tourner, même à froid. Un mois entier nous sépara bientôt de notre expédition. Nous ne l'évoquions plus qu'à mots couverts, comme s'il s'agissait d'un péché lointain, un de ces drames de l'enfance qui, avec le temps, vous feraient presque sourire. Silvio buvait un peu trop. L'alcool le rendait sentimental. Je pensais souvent à sa sœur quand il me regardait ainsi, en me caressant le visage. J'avais envie de la rencontrer pour savoir si nous nous ressemblions vraiment, ou si c'était une simple projection de Boris Melon.

Le vendredi suivant, Silvio m'annonça qu'il était obligé de partir quelques jours. Le mystère qui entourait ce voyage ne me disait rien de bon. Avait-il été repéré ? Chaque matin, il surveillait l'arrivée du courrier. Avait-il reçu une convocation à propos du meurtre de Catherine Claire ? De la disparition de Boris Melon ? Silvio restait évasif : je pris mon courage à deux mains — ou plutôt je pris ses deux mains et, l'obligeant à s'asseoir en face de moi, trouvai le courage de l'interroger sur sa destination.

Ma question était simple. La réponse fut expéditive. Elle se résuma en deux mots, deux noms reliés par un trait d'union.

Soisiel-Chapegrain.

Puis plus rien. Le silence. Je n'insistai pas. Qu'allait-il chercher dans sa ville natale ? Pourquoi s'enfuyait-il au moment où nous recommencions à vivre normalement ? Nous nous étions couchés tôt ce soir-là. Silvio m'attira contre lui.

Non, il ne s'enfuyait pas. Ne m'abandonnait pas.

Sa mère fêtait son anniversaire et il lui était impossible, cette année, d'y échapper. Il aurait bien aimé m'emmener à Soisiel, mais il redoutait la réaction de ses parents, de sa mère surtout, cette façon qu'elle avait toujours eue de surestimer les petites amies de son fils, les entourant d'une attention exubérante, sans commune mesure avec la délicatesse de la situation. Voilà pourquoi il préférait assumer en solitaire cette fête de famille. Il ne fallait pas que je m'inquiète, je n'allais rien manquer. Comme chaque année, il y aurait les voisins, quelques couples bien mis, et ce client qui jouait si bien de la guitare sèche…

Je serais mieux avec ma tante, au chaud, à la maison.

Sur l'image de Silvio applaudissant le client mélomane, je m'endormis. Voilà, j'étais rassurée.

19

Pourquoi n'avais-je pas réagi plus tôt? Cela m'apparut clairement dès le départ de Silvio : c'était à moi de prendre ma place à ses côtés, à moi d'affirmer mon appartenance à cette nouvelle famille, et mon soutien, quelle que fût la responsabilité de Silvio dans la mort de son ami d'enfance. Il ne voulait pas m'inviter à l'anniversaire, disait-il, pour me protéger des débordements maternels, mais était-ce la vraie raison? Ne s'agissait-il pas plutôt de m'éviter la confrontation avec ces voisins un peu gênants, les parents de Boris

Melon ? Ou avec cette sœur qui me ressemblait trop ?

J'en parlai à ma tante. Elle trouva mon idée excellente : oui, je devais rejoindre Silvio. Ce serait une surprise formidable. Elle obtint sans difficulté l'adresse des Pozzuoli en téléphonant aux renseignements et m'accompagna à la gare. J'étais sagement habillée. Ma tante m'avait coiffée, m'attachant les cheveux en arrière, m'avait coupé et verni les ongles, je m'étais laissé faire comme une poupée. Ça m'amusait de jouer à la belle-fille. J'avais l'air tellement sage avec ma queue-de-cheval et mes barrettes sur le côté. Au dernier moment, j'avais décidé d'emporter l'argent.

Cette fois, je voyageai en toute légalité. Je payai même un supplément au contrôleur pour avoir le privilège de m'asseoir en première. Au bar, j'offris à une petite fille qui lorgnait sur le présentoir un numéro spécial de son journal préféré. Ma mère ne m'achetait jamais de magazines pour enfants, elle disait que c'était de l'argent foutu en l'air. Mes parents ne faisaient pas la différence entre regarder un dessin animé et lire une bande dessinée. Ils ne voyaient pas pourquoi ils paieraient quelque chose qui passait gratuitement à la télévision. Il ne fallait pas les prendre pour des vaches à lait — voilà encore une des notions fétiches de ma mère, la vache à lait pour laquelle il ne fallait pas se faire prendre, et j'imaginais les petits pis rosâtres de son porte-monnaie en fausse peau d'autruche se rétracter à la vue d'un achat inutile.

Soisiel-Chapegrain et ses environs sont des destinations négligées par les hommes d'affaires. Le compartiment de première non-fumeurs était presque vide, occupé seulement (mais de façon spectaculaire) par une poignée de géants en sur-vêtement. Je devinai à leur taille qu'il s'agissait de joueurs de basket-ball. Mon voisin le plus proche confirma mon intuition. Il me signa un auto-graphe pour ma tante sur une carte postale qui n'avait rien à voir avec sa profession. Il venait du Wisconsin. Vous savez, le Wisconsin ? Non, je ne connaissais pas. Je n'étais jamais allée aux États-Unis. Je n'avais jamais traversé la mer. Pas même la Manche. Le basketteur avait le mal du pays. Depuis deux ans, il appartenait à un club nor-mand. Sa fille parlait le français mieux que lui — il ouvrit son portefeuille pour me la présenter, monticule pâlot au sourire rehaussé d'un appareil dentaire façon collier étrangleur, et me raconta combien sa progéniture était fière de cet attirail (elle était l'une des dernières dans sa classe à ne rien avoir jusque-là, ni lunettes, ni semelles ortho-pédiques, ni cours d'orthophonie, pas la moindre petite tare à compenser). Dans l'intercalaire sui-vant, en face des cartes de crédit, s'étalait une autre version du même modèle, en maillot de bain, avec sa maman. Puis une autre encore, un peu affaissée, à dos de poney. Redoutant l'esca-lade, je sortis de ma valise la photo du bébé. Mon voisin me demanda si c'était moi quand j'étais petite — comment avais-je pu penser qu'il allait prendre ce tirage fané pour le portrait de mon enfant ?

La conversation en resta là. Je feuilletai le livre que m'avait prêté ma tante. Le ciel était bas, chargé de pluie. Je n'arrivais pas à lire. Le train ralentit à l'entrée d'une petite ville où se disputerait bientôt un match de football. Des banderoles ajourées annonçaient l'événement. Ma tante aimait beaucoup les sports collectifs. Elle disait souvent qu'elle avait raté sa vocation. Elle aurait voulu appartenir à une équipe, un groupe — c'était un peu ce qu'elle retrouvait en vivant avec nous, cet esprit d'entraide, cette tension, comme s'il s'agissait, à chaque instant, de mettre sa vie en jeu.

Les basketteurs me laissèrent descendre toute seule à Soisiel-Chapegrain. Mon voisin, réveillé en sursaut par le crissement des roues, m'adressa un geste d'adieu. Je vis ses partenaires se lever pour me saluer à leur tour, une grappe réjouie plaquée contre la fenêtre, un paquet de grands garçons, je suis sûre qu'ils faisaient des commentaires sur mes jambes, mes seins, ma croupe, et cette habitude que j'avais de balancer les bras en marchant. C'était étrange d'exister sans toi, sans ma tante, de sentir l'air autour de moi, et les regards, et le désir des autres. J'aurais pu me marier avec un sportif américain, pensai-je, un athlète du Wisconsin établi dans l'Hexagone. Je n'étais plus très sûre de moi, de la pertinence de mon irruption dans le monde étranger de ton enfance. C'est en passant devant les consignes, après le couloir souterrain, que je décidai d'y laisser mon argent. Je choisis un casier propre, en haut, à gauche, et sur la pointe des pieds y déposai le sac en plastique. Au dernier moment, j'y ajoutai la photo du bébé. Cette image ne m'appartenait pas. Je ne me sentais pas en droit de la garder sur moi. Pas en droit, non plus, de la faire disparaître. Elle resterait là, en attente, jusqu'à ce que je lui invente une destination.

D'après le plan municipal qui trônait à la sortie de la gare, la maison des Pozzuoli se situait dans le quartier des Hortensias, près de l'hôpital du même nom. La rue donnait sur un grand lac, curieusement représenté en rose layette. Les couleurs de la carte avaient déteint à force d'être exposées à la lumière. L'espace vert étirait ses lambeaux azur tout autour de l'eau. Silvio n'était heureux qu'à l'ombre. Il aimait m'entraîner sous les arbres, en retrait. Voilà une position qui me convient, disait-il, avec toi, à l'écart.

J'avais décidé de ne pas me présenter à la fête d'anniversaire avant la tombée de la nuit. Tel que je connaissais Silvio, il avait dû trouver une bonne raison pour quitter la maison pendant les préparatifs. Je l'imaginais mal lisser les nappes et placer les serviettes en éventail dans les verres. Je n'arrivais pas à me faire une idée de son père. À quoi pouvait-il ressembler ? Je savais peu de chose à son sujet : il était pharmacien, très engagé dans la vie de son quartier et très proche de sa femme avec qui il formait, d'après son propre fils, un couple

« idéal », entre guillemets. Silvio avait une façon étrange de parler de ses parents. Il les respectait comme s'il les craignait encore un peu. Je me demandais quel serait le répertoire du guitariste.

Je marchai vers le centre-ville à la recherche d'un salon de coiffure. Je me sentais vraiment trop cruche avec ma queue-de-cheval. J'en trouvai un encore ouvert au fond d'un passage piéton — le genre de lieu où j'étais sûre de ne pas te rencontrer. La caisse était entourée de plantes grasses, le coiffeur avait la main verte et le téléphone portable collé à l'oreille. J'étais la seule cliente, il ne se pressa pas pour me conduire au shampooing. Il me laissa là, sur la banquette de moleskine, comme pour éprouver ma volonté de changement. L'attente devait être incluse dans le forfait. Je feuilletai un magazine spécialisé dans la présentation de têtes coiffées-décoiffées posées sur des corps à la plastique délicieuse. Lorsque enfin le jeune homme raccrocha, j'avais eu le temps de choisir mon nouveau style. Je lui tendis la page du magazine. Il m'assura qu'avec mon implantation et la qualité de mes cheveux (très fins, dit-il en passant sa main dedans, sans toucher le crâne, rien d'affectueux dans ce geste-là), il serait indispensable de décoller les racines, sinon la frange ne tiendrait jamais en l'air. Il me conseilla également un balayage mèche à mèche, sur le devant, afin de donner du volume à l'ensemble.

— Vous voyez, ils sont plats sur le devant, insistat-il comme s'il s'agissait d'une offense à la profession. Et puis vous avez coupé vous-même, là, vers les oreilles, c'est une catastrophe, il ne faut jamais couper soi-même.

Je réprimai un sourire. Je pensai à la façon dont je raconterais la séance à Silvio. Le coiffeur regarda sa montre. Le salon fermait à vingt heures.

— Je vais être obligé de vous garder jusqu'à huit heures et demie, bougonna-t-il, mais c'est exceptionnel, la prochaine fois vous viendrez plus tôt.

J'enfilai un peignoir blanc avec une poche sur l'épaule pour glisser ma fiche.

— Vous allez où, d'habitude ?

Je le déçus beaucoup en lui apprenant que j'étais juste de passage. Il aurait bien aimé me compter parmi ses clientes régulières. Il y avait trois salons à Soisiel, mais pour le court structuré, j'étais tombée à la bonne adresse. Les deux autres pratiquaient plus volontiers la bouclette sur cheveux mi-longs. Comme il semblait bien renseigné, je lui demandai s'il savait qui coiffait les Pozzuoli. Le nom ne lui était pas étranger.

— M. Pozzuoli, insistai-je, le pharmacien…

Ah oui, là, il voyait. Celui dont la fille s'était fait assassiner.

Je me retournai brusquement. Le shampooing me coula dans les yeux. Morte, assassinée, la sœur de Silvio…

— Une histoire épouvantable, renchérit le coiffeur, vous n'étiez pas au courant ?

Il s'essuya les mains avant d'aller fouiller dans une pile de journaux.

— Pozzuoli, lut-il enfin, le mystère d'un drame.

Une photo, au centre de la page, montrait une

jeune fille en robe de communiante. Je connaissais ce visage-là. Je le reconnaissais, non seulement parce qu'il me ressemblait, mais parce que je l'avais déjà vu. Le reste de l'article confirma mes appréhensions : Cat Pozzuoli, fille de Gilbert, pharmacien à Soisiel-Chapegrain, et de Jeanne-Marie Pozzuoli, née Fessot, céramiste, s'apprêtait à publier un deuxième roman sous son nom de plume.

Je regardai une nouvelle fois la photo. Cat Pozzuoli, Catherine Claire, l'écrivain, la sœur de Silvio… Il s'agissait du même prénom, de la même personne. Je poursuivis en tremblant la lecture de l'article. Les témoignages de l'entourage (la charcutière, son professeur de français, le directeur de l'auto-école où elle avait raté son permis) la décrivaient comme une fille impulsive et attachante. On ne savait pas grand-chose de sa vie depuis qu'elle avait quitté la région. On l'avait aperçue à la télévision, avec un anneau dans le nez, et puis une autre fois à Soisiel avec un garçon d'origine africaine — on se souvenait de lui sur les berges du lac, en pantalon blanc et chemise boutonnée, alors que tout le monde était en short. Il n'avait même pas quitté ses chaussettes. La piste du crime sexuel n'était pas à négliger. Les parents de la victime s'étaient refusés à toute déclaration.

Le coiffeur reprit le journal et le balança sur la pile comme pour signifier que, maintenant, nous devions passer aux affaires sérieuses. Je revoyais les lèvres de Catherine s'approchant du micro, je les imaginais se laissant embrasser par Boris, et Silvio

disparaissant derrière le platane… Quelques instants plus tard, un quart d'heure à peine, elle était
agressée dans les toilettes du Café des Charmes.
Pourquoi Silvio ne m'avait-il rien dit ? Pourquoi
avait-il déguisé sa peine ? Je comprenais à présent
son désarroi, la façon dont il s'était enfermé avec
moi, chez ma tante, se repliant contre mon corps
comme un enfant blessé qui cherche protection.
Et j'appelais ça de l'amour. Sa sœur était morte. Sa
sœur chérie avait été tuée.

Le coiffeur me rinçait les cheveux, l'eau était
trop chaude, se pouvait-il… Pourquoi Silvio était-
il parti à la fin de la lecture ? Avait-il suivi Cat
jusqu'au café ? Il était revenu avec des cigarettes —
mais le bar ne vendait pas de cigarettes, non, ce
n'était pas possible, Silvio n'avait pas eu le temps
de…

Et pourquoi aurait-il tué sa sœur ?

J'étais assise sur un fauteuil tournant, en face
d'une glace, je me regardais mais je ne voyais rien.
Le coiffeur me demandait pour la deuxième fois
si j'étais d'un tempérament allergique, parce que
mon front était devenu très rouge. Il alla me chercher un café, et du sucre, je lui faisais peur, je crois,
car il pensait soudain que les mèches sur le devant
n'étaient pas indispensables, ni le décollement des
racines, une bonne coupe, disait-il en touillant
mon breuvage, bien effilée au niveau des oreilles,
avec en finition un peu de gel…
Je l'interrompis. J'avais envie de me teindre les

cheveux. Oui, soudain, j'étais très sûre de moi, je les voulais d'une autre couleur, je ne pouvais pas me permettre de ressembler à la sœur de Silvio. J'imaginais la réaction de ses parents, leur peine en voyant débarquer chez eux le fantôme de leur fille, leur embarras et le mien, brun pourquoi pas, le coiffeur hésitait, il mettait en balance son désir de se débarrasser de cette cliente trop émotive et la possibilité d'augmenter son chiffre d'affaires, un shampooing colorant ça va tout de suite chercher dans les...

SUSPENSE
- getting ready to go to silvio's parents

20

Une jeune fille aux cheveux noirs, gentiment ébouriffés autour de son visage, était assise sur le bord du lac. Elle ne regardait pas les mouvements de l'eau, ne cherchait pas à attirer l'attention des canards. Son regard était dirigé de l'autre côté, vers les villas. Elle pouvait voir, au 19 de la rue, la maison où Silvio, son compagnon, avait passé son enfance. Elle l'imaginait jouant avec sa sœur sur la pelouse bien tondue. Parfois, les enfants traversaient la rue pour lancer sur le lac un bateau en papier. Une coquille de noix, avec une allumette en guise de mât. Une cuvette volée sous l'évier. Cat! Silvio! Une voix forte les rappelait à l'ordre, ou le son d'une cloche annonçant l'heure du repas. Boris, le fils des voisins, les rejoignait pour le dessert. Ils organisaient des courses d'escargots sous la véranda les jours de pluie, élevaient des tortues ou des cochons d'Inde, suivant les années. Silvio ne m'avait jamais parlé d'un chien, pourtant il me semblait bien que les aboiements venaient de chez lui. Les lumières du bas étaient allumées. Comment ces parents qui venaient de perdre leur fille pouvaient-ils organiser une fête? Il n'y avait pas de circulation particulière autour du 19, aucune voiture ne cherchait à stationner, personne ne prenait l'air sur le perron. Je reconnaissais cette maison, pourtant j'étais sûre de ne jamais l'avoir vue. Il commençait à faire froid. Je m'approchai de la barrière. Sur chaque marche de l'escalier était posé un pot dans un cache-pot, façon poupées russes. Certains rosiers étaient encore en boutons. Plusieurs massifs d'azalées entouraient une sorte de puits bouché par une plaque de métal. Les grappes de glycine tombaient du côté de la rue. Un couple passa devant la fenêtre en valsant, j'observais leurs mouvements, très souples, je m'étonnai que les invités dansent déjà. L'homme était grand et mince, avec une belle chevelure qui me rappelait les héros de mon enfance. La femme regardait ailleurs, Silvio peut-être, assis dans l'angle de la pièce, un angle mort, de là où j'étais il m'était impossible de le voir. Et même s'il s'approchait de la fenêtre, me reconnaîtrait-il avec ma nouvelle couleur de cheveux? Je passai mes doigts sur ma nuque rasée. C'était étrange tout cet espace dégagé, là, juste derrière, comme inventé par le coiffeur. J'avais l'impression d'avoir un cou très droit et très vulnérable. Un cou cassant. Le couple disparut. Je m'avançai encore, j'avais envie de pleurer, comment se finissait le conte de la petite fille aux allumettes? La version télévisée m'avait laissé l'image d'une fillette aux pieds nus dans la neige, elle entendait des rires, de la musique, quand soudain la porte s'ouvrit. Une voix charmante me demanda si je cherchais quelqu'un. Je prononçai ton nom. Ta mère me fit entrer.

Le salon était vide. Je comptai deux couverts sur la table dressée devant la cheminée. Il s'agissait bien d'un anniversaire, mais où étaient les invités? L'homme qui dansait il y a un instant apparut avec une bouteille de champagne. Il la glissa dans un seau à glace et me serra gentiment la main. Il souriait. Je lus dans son regard la question qu'il se posait :

Qui étais-je?

(À moins que ce ne fût : qu'avez-vous fait de notre fils?)

21

Le dîner fut bon et chaleureux. On avait rajouté une assiette, partagé en trois les deux bouchées à la reine (une prouesse), puis les paupiettes de saumon. Les vins se succédaient en une progression mesurée, ton père ne laissait jamais un verre vide, il était attentif et discret, veillant à ce que nous ne manquions de rien. Ta mère était très touchée d'imaginer que tu aurais pu être là, parmi nous.

Elle le dit à plusieurs reprises, de diverses manières, et plusieurs fois nous bûmes à la santé du fils manquant. Désorientée par le tour amical que prenait notre conversation, je t'avais inventé un empêchement de dernière minute — un rendez-vous de travail important, j'étais restée évasive, tu pouvais débarquer d'un instant à l'autre, je devais te ménager une porte d'entrée. Je me demandais ce que tu fabriquais. Ma tante savait où me joindre, s'il t'était arrivé quelque chose elle m'aurait prévenu. J'apprendrais plus tard que ton absence n'était pas une surprise pour tes parents : depuis l'anniversaire où Boris Melon avait soufflé les bougies à ta place, tu n'avais pas assisté à une seule fête de famille. Tu n'étais même pas venu à l'enterrement de ta sœur — le faire-part de décès était revenu à Soisiel-Chapegrain avec la mention manuscrite « inconnu au 78 ».

Voilà. Tes parents ne connaissaient pas ton adresse.

Pourquoi gardais-tu à ce point tes distances ? J'avais de la peine pour ta mère, une femme si douce, si intelligente, tu ne savais pas ce que c'était que d'avoir des parents à qui on ne peut pas parler.

— Domino, vous voulez du fromage ?

Ton père avait posé le cadeau d'anniversaire de sa femme sur le coin du plateau et attendait que je me serve pour le lui donner. J'allai chercher ma petite valise qui était restée près de la porte. J'en sortis un paquet de la taille d'un poing, sans étiquette, mais avec un gros chou de bolduc crêpé de main de maître, un vrai chignon, et pour cause : il venait de chez le coiffeur. Ta mère l'ouvrit en premier. Comme prévu, elle était ravie, absolument enchantée. Elle jugea « merveilleuse » la couleur du bracelet, ses inclusions de fleurs, sa transparence… On ne lui avait rien offert d'aussi « original » depuis des années. Elle le passa à son poignet et le fit jouer dans la lumière, c'est vrai qu'elle en rajoutait un peu, mais ton père était là pour rétablir l'équilibre — ton père qui racontait ses anecdotes d'une voix très grave et toujours à bon escient. Tu lui ressemblais beaucoup. Vous aviez le même charme, le même charisme. Vous inspiriez confiance. M. Pozzuoli parlait bien de son métier, de ses clients, des malades et des moins malades, et des tout à fait en bonne santé qui avaient aussi leur place dans son officine. C'était un pharmacien de famille, comme il existe des médecins de famille. Pendant les heures creuses de l'après-midi, M. Pozzuoli fabriquait des tisanes, des crèmes, des sirops à base de plantes, et les clients se sentaient déjà requinqués à l'idée de consommer un remède préparé spécialement pour eux, par quelqu'un qui les avait écoutés, comme si leurs mots s'étaient transformés en médicaments. Ton père aimait par-dessus tout ce travail de traduction. Il retrouvait là les plaisirs de l'enfance, lorsqu'il inventait pour son frère des potions magiques à base de décoctions de souhaits écrits sur des bandes de papier.

Ta mère avait été chercher un aspirateur de table qu'elle étrennait pour l'occasion. Les miettes disparaissaient dans la fente, il y avait dans leur façon de s'engager une sorte d'urgence, la nappe se plissait au passage de l'instrument.

— Mon mari a également mis au point un apéritif régénérateur, dit Mme Pozzuoli lorsque son petit ménage fut achevé, il faudra qu'on t'en donne une bouteille (je peux te tutoyer?).

Reine-des-prés, écorce d'orange, vin blanc... Oui, ils pouvaient me tutoyer, ils pouvaient faire tout ce qu'ils voulaient, je me sentais bien avec eux, et c'était d'accord pour l'apéritif, j'en rapporterais pour ma tante.

Tu n'arrivais toujours pas, je commençais à m'inquiéter.

Ta mère prétendait que nombre de pharmaciens étaient aussi des inventeurs. Un certain Descroizilles avait mis au point le percolateur à café, Mouries était à l'origine de la margarine et Birt, plus récemment, de la poudre pour préparer des crèmes renversées sans œufs.

Ton père se racla la gorge. Les crèmes renversées, avec ou sans œufs, l'intéressaient modérément. Son travail à lui se faisait ailleurs, en profondeur, de part et d'autre du comptoir de chêne.

— Nous devons être attentifs, reprit-il, tant de personnes sont perdues de nos jours. Je connais certains clients pour qui je suis le seul recours, le seul être humain à qui parler.

Ton père pliait et dépliait sa serviette, je le sentais ému à la pensée de toutes ces confidences qu'il portait en lui.

— Il y a une vieille dame, un matin, qui m'a

demandé la permission de venir tricoter dans la pharmacie...

Ta mère rit à l'évocation de ce souvenir. Elle riait tellement, je ne savais pas quoi en penser, je trouvais cette histoire pathétique, la petite fille aux allumettes avait vieilli, elle marchait en se tenant au mur et descendait les trottoirs avec difficulté. Je crus que ton père avait terminé son récit, mais non, il attendait que sa femme se calme.

— Bien entendu, poursuivit-il, j'ai accepté sa proposition. Je dis bien : sa proposition, et non sa demande. La vieille dame est venue deux ou trois fois par semaine, pendant cinq ans, jusqu'à sa mort. Elle s'installait sur le banc, près des accessoires pour bébés, et elle tricotait. Ça lui faisait du bien de tricoter, là, sur le banc. Elle voyait du monde. Les enfants venaient l'embrasser. Un ange...

Un ange, c'est vrai, répéta ta mère, et je ne pus m'empêcher de lui dire que son mari exerçait un métier formidable. Ton père hocha la tête, ce n'est pas tous les jours facile, raconta-t-il encore. Un lundi matin, nous avons retrouvé l'officine mise à sac. Pas la vieille dame, non... Des toxicomanes qui, d'après la police, n'avaient pas pu accéder aux produits du tableau B. Pour se venger, ils avaient pris des tubes de rouges à lèvres et avaient tout barbouillé. Les bocaux, les miroirs, les boîtes de médicaments en démonstration, jusqu'aux touches de l'ordinateur...

— Un vrai carnage, renchérit ta mère, on aurait dit du sang coagulé. Et ils n'ont même pas touché à la caisse.

Cette remarque m'étonna. Ton père se leva pour allumer le feu. Le bois était préparé dans la cheminée, en pyramide, il n'y avait plus qu'à craquer une allumette. Ta mère voulait que je leur parle de moi, de nous, et comme je ne savais pas par quel bout commencer elle me demanda depuis quand nous étions ensemble. Je redoutais cette question (fallait-il mentir? La vérité était difficile à formuler, nous nous étions rencontrés la veille de la mort de Catherine). Heureusement, je n'eus pas à répondre : ton père apportait le gâteau. Ta mère me saisit la main. Nous chantâmes, elle souffla, il n'y avait qu'une seule bougie et quelques taches de vin rouge sur la nappe. Tes parents s'embrassèrent devant moi, j'étais un peu gênée, un vrai baiser d'amoureux, avec la langue bien vivante, bien engagée. Je pensai à toi, à ta façon de forcer mes lèvres. J'aimais te prendre dans ma bouche, sentir tes veines se gonfler, le gâteau d'anniversaire avait été préparé par une cliente — un peu sec il est vrai, avant même de le goûter on imaginait l'effet astringent qu'il produirait sur le palais, mais ton père n'avait pas pu refuser ce témoignage de sympathie. Une glace aux marrons, vestige des fêtes de Noël, fut sortie du congélateur. La vie continuait. Les gens ont été si gentils avec nous, commenta ta mère. Je devinai que le temps des confidences était arrivé.

Les dernières braises se consumaient dans l'âtre. Ta mère débarrassait la table (ton père disait «laisse, laisse», mais il ne bougeait pas le petit doigt). On m'avait sorti le dossier où étaient rangés les lettres de condoléances et les articles sur la mort de ta sœur. Les messages étaient nombreux et d'origines multiples, beaucoup de clients de la pharmacie, bien sûr, un gros paquet lié par une bande élastique, mais également des anciens camarades de classe et même des anonymes qui prenaient leur part de douleur en termes appliqués. Un autre dossier, beaucoup moins épais que le premier, regroupait les quelques critiques sorties à la publication du premier roman de Catherine Claire. Dans un article un peu plus long que les autres, l'écrivain apparaissait comme l'une des figures majeures de la jeune littérature européenne. Elle racontait des histoires de gens qui lui ressemblaient, écrivait le journaliste, sans perspectives et sans attaches.

— Sans attaches, souligna ton père en montrant de la main les poutres apparentes, les poteries, le canapé capitonné, un geste large qui finalement atterrit sur sa femme et s'abandonna, désemparé.

Les personnages de Catherine Claire, poursuivait le journaliste, désignés par des lettres, avançaient dans le brouillard épais d'une société qui ne voulait pas d'eux. Il y avait dans ces récits croisés un mystère, une violence qui ne pouvaient laisser indifférent. Des chapitres entiers que certains de ses confrères avaient qualifiés «d'obscurs» étaient la manifestation évidente d'une réalité indicible, une vérité qui, sans cesse, se dérobait au regard du lecteur. On sentait sous la plume de Catherine

Claire la pression d'une enfance meurtrie — et la naissance d'un grand talent.

— Une enfance meurtrie! s'exclama ta mère, comment a-t-elle pu les embobiner à ce point?

Sa voix était acide. Ton père se tourna vers moi, me prenant à témoin.

— Quelques mois avant sa disparition, nous l'avons entendue par hasard à la radio. Elle parlait de ses projets. Elle travaillait, disait-elle, sur un récit «autobiographique». L'histoire d'une vie sacrifiée, oui, voilà l'adjectif qu'elle a employé : sacrifiée. Et bien sûr, ces «confessions» seraient signées Catherine Claire! La supercherie commence là, dès la couverture...

Ton père n'avait jamais compris ce qui avait poussé sa fille à publier sous un pseudonyme. Avait-elle honte de son nom? Honte de ses origines italiennes, honte de son père, de sa mère, de sa ville natale? Pourquoi se faisait-elle passer pour une gamine issue d'un milieu défavorisé — tellement défavorisé qu'elle n'en parlait aux journalistes qu'à mots couverts, les laissant broder à partir des données du présent, sa façon de s'habiller, son agressivité, la précarité de son logement? Tout cela était pure affabulation.

— Un jour, je leur dirai aux critiques : Cat a fait toutes ses études dans une école privée tenue par des bonnes sœurs, des femmes remarquables. On ne l'a jamais punie, jamais maltraitée, elle partait chaque hiver à la montagne, avec son frère, et chaque été au bord de la mer. Ce n'était pas sa famille, mais l'écriture qui la martyrisait. Elle restait des heures, assise à sa table, avec des dictionnaires et du papier, vous trouvez que c'est bon pour une adolescente? Elle s'est monté le bourrichon toute seule, en échafaudant des mensonges.

Au début, son professeur de français était enthousiaste, elle parlait d'une véritable vocation, mais très vite les textes de Cat étaient devenus incohérents, le sujet avait disparu, puis la ponctuation, comme si le blanc de la page prenait le dessus. Catherine ne retenait aucun conseil, elle se refusait à toute explication. C'était ainsi. Au baccalauréat, elle eut quatre à l'écrit — et dix-neuf à l'oral. Elle se débrouillait bien en anglais, on pensa l'envoyer à l'étranger.

Changer de langue, à défaut de changer d'esprit.

— C'était une idée comme une autre, dit Mme Pozzuoli. En vérité, il lui aurait fallu un travail stable, quelque chose pour l'aider à sortir d'elle-même, à se désintoxiquer de ces mots qui la poursuivaient, mais non, elle rejetait tout ce que nous lui proposions. Ce meurtre, finalement, n'est que la conséquence…

Ton père se mit à pleurer et j'avais l'impression que c'était toi qui pleurais, je ne pouvais supporter ces larmes, je voulais qu'il s'arrête. Sa femme lui tendit une serviette en papier dont il se tamponna les yeux.

— Catherine est partie à Paris, reprit-il, elle a rencontré ce type, et tout a basculé. Elle ne se contentait plus d'écrire, non, elle passait à l'action. Elle multipliait les provocations, je ne sais pas ce qu'elle cherchait, chaque fois qu'elle nous rendait visite ça se terminait mal. Sa mère excédée l'a renvoyée de la maison, c'est vrai, nous l'avons renvoyée une fois mais elle est revenue quand même, elle avait besoin de nous…

— Besoin de nous humilier, rectifia Mme Pozzuoli.

— Un jour, elle a débarqué avec un anneau d'or dans le nez. Je me souviens d'une séance chez la charcutière où elle s'est mise à beugler comme un veau, mais à beugler vraiment, au sens littéral, parce que les clients la dévisageaient. C'était la première fois que les gens d'ici voyaient ça, un anneau dans le nez, ce n'était pas encore à la mode, il fallait les comprendre…

— Pour arranger les choses, poursuivit Mme Pozzuoli, elle était accompagnée par un garçon d'une arrogance… Il refusait de manger chez nous, je ne sais pas ce que Cat lui avait dit à notre sujet, tous les jours il allait au restaurant. Nous l'avons revu à l'enterrement. Il nous a avoué pourquoi il n'avait pas accepté nos invitations : il avait peur, disait-il, de commettre des erreurs.

— Des erreurs ?

— Oui, des erreurs du type «couper sa salade avec un couteau» ou «mâcher la bouche ouverte», comme si nous jugions les gens sur la couleur de leur peau ou leur façon de se tenir à table.

— Je crois que Catherine, c'est triste à dire, avait basculé dans un autre univers…

Ta mère chercha du regard l'approbation de son mari. À mesure que nous avancions dans la conversation, je sentais le couple se souder. J'admirais leur cohérence, leur complicité. Je nous imaginais dans dix, quinze ans. Ton père prit la main de ta mère et elle se sentit autorisée à poursuivre : Cat, d'après elle, vivait dans un monde où tout était inversé, son rythme de sommeil, ses goûts, tout était sens dessus dessous. Il n'y avait plus de loi, plus de règle, plus de tabou.

— Voilà ce que personne ne lira dans les journaux, parce que nous respectons notre fille plus qu'elle ne se respectait elle-même. Cat s'est laissé entraîner par son petit ami, ils passaient leurs nuits dans des boîtes, ils buvaient, Dieu sait ce qu'ils faisaient encore. Et je me souviens d'elle, une si jolie petite fille, serviable, intelligente, tout le quartier nous l'enviait. Elle aidait son père à la pharmacie, mettait les médicaments dans les sacs, rangeait les présentoirs, je n'ai jamais rencontré une enfant aussi méticuleuse. Son frère se moquait d'elle, de son côté mémère. Silvio adorait sa sœur, il fallait les voir tous les deux…

Oui, ils s'aimaient bien tous les deux, comme leur père et leur mère, et pourtant ni Silvio ni Catherine n'avaient réussi à quitter la maison familiale sans, d'une certaine façon, la détester. Peut-être en était-il toujours ainsi. Moi-même je m'étais sauvée en claquant la porte pour une broutille — une histoire de réfrigérateur qu'on me reprochait d'avoir laissé ouvert. Heureusement, ma tante et mon oncle m'avaient recueillie, sinon…

— Je ne sais pas ce que je serais devenue, dis-je, poursuivant mon idée, si la sœur de ma mère…

Tes parents ne m'écoutaient pas. Ils étaient

repartis dans leur malheur, et je les comprenais, loin de moi l'idée de leur en vouloir. Je demandai où en était l'enquête. La police était persuadée que le coupable connaissait Catherine. Pour ta mère, il s'agissait d'un meurtre organisé, une mise en scène qui avait mal tourné. Avais-je lu la description du corps ? Cat avait été retrouvée à moitié nue, les cuisses entravées par sa jupe. Un type qui aurait eu l'intention de la violer, poursuivit M. Pozzuoli, se serait contenté de soulever le tissu, de le rouler jusqu'aux hanches, il n'aurait pas perdu du temps en essayant d'ouvrir cette fermeture Éclair qui, visiblement, était coincée. Et le tube de rouge à lèvres…

Ta mère lui fit signe de se taire, elle ne voulait pas une fois de plus entendre cette histoire. Ton père me resservit du vin. Je commençais à avoir la tête qui tournait. Pourquoi, en effet, avoir tiré la jupe vers le bas ? La conversation bifurqua. Ton père reprit la parole.

— Elle avait de drôles de relations avec son ami. Un jour, elle est arrivée avec un bras en écharpe, il paraît que sa bibliothèque lui était tombée dessus…

— Une autre fois, c'était l'arcade sourcilière. Deux points de suture. Au début, je n'ai rien osé dire, j'ai pensé qu'il s'agissait du dernier bijou à la mode, et puis j'ai compris qu'ils se tabassaient.

Ta mère était consternée. Depuis, elle s'était renseignée. Elle avait acheté des brochures par correspondance, on y voyait des choses épouvantables, des vagins distendus, ourlés d'épingles à nourrice, des gamines ligotées, des hommes aussi, à la queue leu leu, avec des masques en cuir sur la tête, des croix gammées coincées dans l'anus...

Ton père dit : « Chérie », comme pour signifier à ta mère qu'elle allait un peu loin, mais Mme Pozzuoli était ivre, je m'en rendis compte à la façon dont elle lui répondit, elle devenait vulgaire et ton père qui n'était pas beaucoup plus clair n'eut que la force de baisser les yeux.

— Domino a le droit de savoir, il n'y a pas de raison de lui cacher la vérité. Des croix gammées de la taille d'un poing, il y en a que ça excite, vous vous imaginez ? Je ne dis pas que Catherine en était arrivée là, mais si la mort ne l'avait pas arrêtée...

— Cat fréquentait ces gens, interrompit ton père, des gamins fascinés par la violence, des malades, elle voulait écrire un livre sur eux. Nous le savons parce que nous l'avons fait suivre par un détective privé. Après sa blessure à l'arcade sourcilière, nous avions peur pour elle. Nous étions persuadés que nous pouvions la détourner de cette inadmissible attirance. Nous avions encore l'espoir de la sauver...

Le rapport du détective était rangé dans un autre dossier que ton père sortit d'un coffre en bois. Il m'en passa quelques pages. Je les parcourus en diagonale. L'emploi du temps de Cat était soigneusement analysé. La fréquence de ses visites au Lavomatic, par exemple, était relevée comme l'un des signes d'une existence déréglée. Elle salit beaucoup, notait le détective, alors qu'elle exerce l'un des métiers les moins salissants du monde.

Tes parents prenaient-ils vraiment ce genre de conclusion au sérieux ? Ça ne s'invente pas, me dit ta mère, et je replongeai dans le compte rendu dactylographié pour ne pas avoir à supporter son regard désemparé. Le détective avait également remarqué que Catherine allait au moins une fois par semaine dans un magasin chinois pour s'approvisionner en gingembre confit, gourmandise dont elle faisait une forte consommation. Une note en bas de page signalait que le gingembre, plante herbacée à rhizome charnu, avait des propriétés aphrodisiaques. Mlle Pozzuoli achetait également des rouleaux de printemps (là, pas de commentaire) et, entre parenthèses, des sachets de nouilles instantanées.

— C'est tout ?

Ton père tira du dossier des photos qu'il étala sur la table. Une fille qui me ressemblait était ligotée sur une chaise. L'image était floue, probablement prise avec un puissant téléobjectif, pourtant cela ne faisait aucun doute : cette chose qui passait entre les lèvres de Cat était un couteau à pain.

— Et ça, vous avez lu ?

Ta mère posa son doigt sur la fin du rapport. Catherine Pozzuoli fréquentait régulièrement le Coupe-File, club privé connu pour le caractère sadomasochiste de sa clientèle. Elle s'y rendait toujours avec la même personne, un certain Moustique, étudiant en lettres modernes et vendeur à la petite semaine de drogues légères et lucratives.

L'accès au club étant strictement réservé, le

détective n'avait pu à son grand regret poursuivre sa filature.

Le rapport s'arrêtait là. Il était daté du mois d'avril, plus de six mois avant la mort de Cat. Nous étions tous fatigués. On me donna ton ancienne chambre. Il n'y restait rien de ton enfance, pas une affiche, pas un objet. Cette application à faire disparaître toute trace de ton passage me surprit. J'entendis le bruit sec des talons de ta mère sur le carrelage du couloir puis, au retour, le flappement de ses pantoufles. En passant devant ma porte elle ralentit le pas. Je crus qu'elle allait frapper. La marche reprit, ferme, décidée.

22

L'atelier de poterie se trouvait au fond du jardin, derrière un petit mur de brique qui, en apparence, ne servait à rien. Je n'avais pas beaucoup dormi (trop de mots, trop de questions, ton absence inexplicable et, plus que jamais, l'image de Catherine Claire tombant du placard, sa jupe baissée, ses jambes entravées). J'avais insisté pour visiter l'atelier avant de reprendre mon train. J'avais besoin de parler à ta mère. Je me sentais comme un vêtement qui pendouille sur la corde à linge, propre mais un peu raide, un peu froissée. La clef était cachée sous un pot de fleurs renversé. Mme Pozzuoli partit rebrancher l'électricité à l'autre bout du bâtiment. Je l'attendis sur le pas de la porte. Peu à peu, un tour, un four, un vaste évier se dessinèrent dans la semi-obscurité. Puis des poubelles. Des brocs. Une multitude de boîtes à chaussures étiquetées. Des tamis suspendus et, une rampe de néon s'étant allumée, un arsenal d'outils en bois, en fer, en plastique soigneusement classé. Seule une photo ancienne, accrochée de travers sur le mur, venait rompre l'ordonnance parfaite des instruments. Je m'approchai. Ta sœur posait devant un manège en tenant par le cou un petit garçon endimanché. Je mis quelques instants avant de comprendre qu'il ne s'agissait pas de toi, mais de ton voisin et ami d'enfance : Boris Melon. Il avait de bonnes joues à l'époque, des cuisses potelées et un sourire que je ne lui connaissais pas. Il s'agissait de la même bouche, pourtant, des mêmes gencives et sous la peau s'organisaient un cœur, un foie, une rate composés de cellules identiques. J'imaginai ces dents entamant une part de kouglof. Ce pied bien chaussé tapant dans un ballon. Comment ce gamin rondouillard à la mine épanouie avait-il pu devenir si maigre, si méfiant ? Boris s'était creusé. Il ressemblait à un lévrier asthmatique. Nous n'aurions pas dû transporter son corps. Ce n'était pas à lui de disparaître, mais à nous de partir. Je m'imaginais sur le pont d'un bateau, avec toi, quelque part en Amérique latine. J'ai toujours rêvé de vivre ainsi, d'escale en escale, comme j'avais vécu enfant, de maison en maison. Ta mère revint, essoufflée, une planche de contreplaqué coincée sous le bras.

— Je vais enlever cette photo, dit-elle, il faut que

je l'enlève, elle ne me rappelle que de mauvais souvenirs.

Le rectangle à festons fut arraché d'un geste sec et posé de côté avec la planche. Je sentis qu'il était préférable de ne pas insister. Je demandai à ta mère ce qui l'avait incitée à faire de la poterie. Elle plongea sa main dans une poubelle et en sortit un morceau d'argile qu'elle me donna à malaxer. De l'eau coula le long de mon poignet, une goutte tiède et lourde, comme du sang. J'étais persuadée qu'il s'agissait de sa réponse, cette matière douce qui s'écrasait entre mes doigts, cela m'aurait suffi, mais non, ta mère se crut obligée de rajouter des mots.

— J'ai débuté à cause de ma fille, commença-t-elle.

Décidément, tout nous ramenait à Catherine.

— Elle s'était inscrite à un cours de poterie. Je l'accompagnais en voiture, chaque semaine, elle était trop jeune encore pour conduire une moby-lette. Au début, pour moi, c'était la corvée, j'avais l'impression de faire le taxi, mais à force je me suis passionnée. La personne qui animait l'atelier était formidable. Avant de distribuer de l'argile à ses élèves, elle leur apprenait à reconnaître les diffé-rents sons de la terre. La clarté d'un grès, le bruit mat d'une brique cassée… Elle présentait ensuite les éléments qui allaient entrer en résonance, la paume de la main pour modeler, l'eau pour assouplir, l'air pour sécher et en dernier lieu le feu, indispensable à la métamorphose. Le travail des émaux était abordé en même temps. Il n'y avait pas d'un côté la matière et de l'autre la couleur, mais un ensemble qu'il fallait ordonner selon ses connaissances et son inspiration. Elle insistait sur l'idée que l'émail n'était pas un vêtement appliqué à la surface de l'objet mais un organe à part entière, une sorte de peau.

Ta mère ponctuait ses explications de larges mouvements des mains. J'avais l'impression qu'elle était habitée par une autre personne, ce professeur peut-être, le souvenir de ce professeur.

— Ces mots m'ont frappée, poursuivit-elle, c'est à partir de ce moment-là que je me suis vraiment impliquée dans l'atelier. Bien sûr, avec son mauvais caractère, Catherine a abandonné les cours dès qu'elle a vu que je m'intéressais à ce qu'elle faisait. Moi, je me suis accrochée. J'ai demandé l'autorisation de venir à la place de ma fille (l'inscription se payait au semestre). Cela ne posait pas de problème. J'étais l'élève la plus âgée — et de loin. Je crois même que j'étais plus vieille que l'animatrice.

Ta mère laissa échapper un petit rire de coquetterie, comme si le fait d'avoir été intégrée à un groupe si jeune avait pu, par imprégnation, l'alléger de quelques années.

— Au début, quand j'ai commencé à apprendre le tour, j'avais l'impression que ma fille était là, derrière moi, à m'épier. Je sentais l'argile comprimée filer entre mes doigts, l'argile qui montait, l'argile qui descendait, et j'imaginais Catherine qui rigolait doucement dans mon dos en faisant des gestes obscènes. Bien sûr, le pot partait de travers… À la maison, avec mon mari, c'était pareil. Nous étions en permanence jugés, décortiqués comme des crabes, oui, pour Catherine nous étions des crabes. Elle désapprouvait notre façon de rire, de bouger, de parler. Je n'avais pas le droit de chanter en sa présence. Elle ne supportait pas que je reste longtemps au téléphone avec une amie. Elle ne supportait pas que je vive. Elle ne nous supportait pas.

Ta mère haussa les épaules d'un air fataliste.

— J'ai exposé assez vite, dès ma troisième saison d'atelier. J'avais besoin de m'affirmer. Je montrais mes poteries n'importe où, dans des restaurants, des foires artisanales, j'ai même présenté une série d'amphores à la pharmacie, en vitrine, au milieu des crèmes solaires et des lotions antimoustiques…

Elle désigna un panneau de liège sur lequel étaient punaisés des articles découpés dans la presse locale. On y voyait des photos un peu floues où elle posait, figée devant ses œuvres. Elle me faisait penser à un œuf en gelée. Je t'imaginai à douze ans, assistant au vernissage d'une expo de ta mère. Les parents de ton meilleur ami lui achetaient une théière. Pourquoi ne m'avais-tu jamais parlé de ces moments-là ?

Ta mère descendit de son socle une sculpture qu'elle venait juste de terminer. Son travail récent ressemblait étrangement à celui de Catherine. Aussi complexe et aussi hermétique. Elle modelait des espèces d'urnes qui ne servaient à rien, en apparence, puisqu'elles se refermaient sur elles-mêmes. Il n'y avait pas de contenant ni de contenu, juste une forme qui s'enroulait à l'infini, comme un ruban de Möbius déguisé en pot. À l'intérieur on devinait des labyrinthes de couleurs vives, des organes, des replis, on pouvait les toucher parfois, en glissant son doigt. Le dedans était plus important que le dehors, et le vide aussi apparent que les parois de terre qui le délimitaient — travail assez inquiétant en vérité, qui ne correspondait pas du tout à ce que je connaissais de ta mère.

— Au début, je m'intéressais surtout aux coulures, aux traînées, tu vois, ces dégoulinures d'émail, sur la terre, en bas des vases…

Ta mère me montra une série de cruches que j'aurais trouvées hideuses si elles ne m'avaient pas été présentées une à une, avec affection, comme les témoins de quelque chose qui, même de loin, te concernait.

— J'avais l'impression que l'essentiel était là, expliquait ta mère, dans cet espace qui échappe au potier. J'ai mis longtemps à comprendre que la force ne résidait pas dans l'expérience elle-même, mais dans la maîtrise de l'expérience. Comment obtenir tel bleu, dans l'épaisseur, tel jaune là où l'émail est plus fin…

Je commençais à m'ennuyer. Mon train ne partait que dans une heure.

— Depuis une dizaine d'années, disait encore ta mère, mes recherches se sont orientées sur les émaux à base de cendres…

— De cendres ?

— De cendres, oui, pourquoi fais-tu cette tête-là ? Au lieu d'utiliser les minéraux prélevés dans le sol, le fer, le cuivre, je me sers de ceux assimilés par les plantes.

Ta mère poussa un volet et me désigna une petite colline, derrière le groupe de maisons.

— Tu vois cette vigne là-bas ? Elle travaille pour moi. En février prochain, au moment de la taille, je récupérerai les sarments, je les ferai brûler dans la cheminée…. Ici, j'ai de la cendre de blé, de chêne, de la cendre de riz qui vient de Chine, j'ai même de la cendre d'os…

Je sursautai. Ta mère avait posé devant moi un petit pot de poudre blanche.

— L'espèce de pilier, là-haut, comme une colonne vertébrale, c'est de la porcelaine à l'os. Une de mes pièces préférées.

Je ne me sentais pas très bien dans cet atelier. J'entendais les mots tamisage, lavage, broyage, degré d'acidité, et quelque chose en moi traduisait crémation, épuration, concentration. Le téléphone sonna mais ta mère ne semblait pas disposée à s'interrompre pour si peu. Peut-être essayais-tu de me joindre.

— Et si c'était Silvio qui…

Ta mère me regarda d'un air stupéfait, comme si elle avait oublié qu'elle avait un fils.

— Silvio ? Ah oui, dit-elle, oui, ça pourrait être lui, et elle courut répondre au téléphone.

Je m'assis devant le tour. Sur une étagère étaient exposés des objets de collection, un petit masque, un zébu aux cornes peintes, une lampe à huile et, dans un nid de tissu blanc, un œuf en terre émaillée. Je pris le zébu pour le regarder de plus près (il ressemblait étrangement à une figurine indienne qui se trouvait dans le bureau de mon oncle) lorsque j'entendis un grincement de porte. Je voulus reposer la sculpture mais, en passant, ma manche balaya le tissu blanc.

Il n'y eut presque pas de bruit, comme si l'œuf s'était cassé en l'air, avant même d'atteindre le sol. Quelque chose brillait au milieu des débris, un bracelet minuscule que je ramassai — si fin, si joli, à vous faire ravaler tous les a priori sur les gourmettes en or. Trois lettres y étaient gravées, deux consonnes et une voyelle formant un prénom que j'avais entendu plusieurs fois depuis que nous nous étions rencontrés : cette gourmette avait appartenu à un petit garçon répondant au nom de Tom.

Tom, pensai-je, « mot » à l'envers. Mme Pozzuoli se tenait devant moi avec son air de cheftaine. Elle reprit le bijou. Qui t'a donné l'autorisation de toucher à mes affaires ? disait-elle, et soudain je voyais, j'imaginais la mère qu'elle avait été pour toi et ta sœur, dure, intransigeante, ne laissant à ses enfants aucune marge d'erreur. Je bredouillai quelques excuses. J'avais plus que jamais envie de décamper, mais ta mère, aussi soudainement qu'elle s'était mise en colère, se radoucit.

— C'était ta tante au téléphone. Elle voulait s'assurer que tu étais bien arrivée. Silvio t'attend à Paris, il a eu un empêchement, elle te racontera.

Ta mère posa la gourmette sur la table comme si elle avait besoin de me prouver que, finalement, cet objet ne présentait pour elle aucun intérêt particulier.

— Un souvenir de famille, commenta-t-elle, ne t'inquiète pas, je lui trouverai une autre place...

— C'est qui, Tom?

Mme Pozzuoli hésita. Devait-elle parler? Pouvait-elle me faire confiance? Finalement elle se décida.

— Il serait plus facile que tu me dises d'abord ce que tu sais, il ne me restera plus qu'à compléter.

Ta mère sortit un paquet de cigarettes d'un tiroir. Je n'avais pas remarqué qu'elle fumait. Son briquet ne s'allumait pas, elle le secoua d'une poigne énergique. De petites rides se creusaient autour de ses lèvres quand elle était contrariée. Mme Pozzuoli ne supportait pas qu'on lui résiste. Je commençai à dire, la visite de Catherine à la maternité, avec Silvio et Boris Melon — bien sûr, j'ai rencontré Boris Melon —, la lecture publique dans la cour de la bibliothèque — oui, j'y étais aussi —, le Café des Charmes où Catherine avait laissé son sac... Je ne cherchais pas mes mots, tout cela semblait si naturel, raconter, enfin, me débarrasser de ces secrets qui m'encombraient. Ta mère s'agitait sur sa chaise. Je la mettais mal à l'aise, et je n'étais pas vraiment fâchée, pour une fois, d'être celle qui menait la danse, celle qui surprenait, celle que l'on écoutait. Comme par défi, je lui appris que le sac de Catherine contenait plusieurs manuscrits. Quelque chose dans son visage se disloqua. Elle me demanda si je les avais lus. De l'arrogance, elle était passée au désarroi, puis à la franche inquiétude. Elle me suppliait de lui rendre les textes de sa fille. Il y avait des pages qui ne devaient pas tomber entre les mains de son éditeur, pour l'intérêt de Cat, l'essentiel étant de respecter sa mémoire, bien entendu, de la protéger. Ah! la façon dont elle prononçait ce mot, mémoire, avec au moins deux M majuscules qui lui emplissaient le nez de résonances emphatiques…

Je pris un malin plaisir à interrompre son envolée.

— Et Tom, qui est Tom? Vous n'avez toujours pas répondu à ma question.

Je n'en revenais pas de mon propre aplomb. Je sortis une cigarette du paquet de ta mère. Le briquet s'alluma tout de suite.

— Bien, commençons par Tom, soupira Mme Pozzuoli, puisque tu insistes…

Ta mère poussa les volets de l'atelier, comme si elle redoutait que l'on ne surprenne notre conversation.

— Tom aurait été l'enfant de Catherine, avoua-t-elle. Mon petit-fils. Il est mort bien avant terme.

— Vous voulez dire qu'il n'est pas né?

— Si tu préfères. Il n'a existé que quelques mois, dans le ventre de Cat. Et dans notre esprit.

Je lui demandai qui était le père. Mme Pozzuoli fit semblant de ne pas avoir entendu. Elle me parlait de la relation très particulière de ses deux enfants, de leur complicité, elle se perdait dans des détails, je ne comprenais pas où elle voulait en venir. Enfin, comme je lui répétai la question, elle se décida à me répondre.

— Tu as le droit de savoir, mais ne dis jamais à Silvio que je t'ai raconté ça, il me tuerait.

Je hochai la tête. Silvio, tuer sa mère, il ne fallait pas exagérer. Je regrettai soudain de ne pas avoir cette conversation avec M. Pozzuoli, dans l'arrière-salle de la pharmacie. J'aurais tellement aimé avoir un père comme lui.

— C'était un samedi soir, poursuivit ta mère, nous revenions à la maison, il devait être minuit, une heure du matin. Nous sortions d'un dîner chez des amis. La lumière sur la table de nuit de Silvio était allumée. Mon mari est entré doucement dans la chambre pour l'éteindre.

Mme Pozzuoli baissa les yeux.

— Silvio n'était pas seul. Il dormait avec sa sœur. Nu. Tous les deux nus. Mon mari n'a pas supporté, il a secoué Catherine et lui a ordonné de retourner dans son lit. Cat s'est énervée. Ils se sont battus, mon mari a reçu un pied de chaise dans le coin de l'œil...

Ce que je redoutais était arrivé. J'étais dans les confidences à présent, dans les certitudes. J'avais voulu savoir : je ne pouvais plus ignorer. Tes parents n'avaient aucune idée de quand vous aviez commencé à coucher dans le même lit ni jusqu'où vous seriez allés sans cet accident de parcours. D'après ta mère (qui le tenait elle-même de Boris Melon), son fils était le seul homme à pouvoir approcher Catherine, physiquement parlant. Elle était déjà enceinte le soir où leur père les avait surpris. Silvio insista pour que sa sœur se fasse avorter — d'où la visite du trio à la maternité. Catherine s'obstinait à nier : elle affirmait que Boris était le père et Boris, pour nous arranger, parce qu'il aimait Catherine, sans doute, accepta une sorte de marché. Il assumerait la paternité, en échange de quoi…

Je pensai à la dette de Silvio.

— En échange de quoi ? demandai-je.

— Peu importe, Boris n'eut jamais à reconnaître l'enfant. D'après le diagnostic de mon mari, Cat aurait dû accoucher fin septembre. Nous avions décidé d'un commun accord de rester en dehors des circuits hospitaliers, nous ne voulions pas nous retrouver confrontés à des questions douloureuses. Catherine aurait été capable de tout déballer : sa relation avec son frère, la complicité de Boris Melon… Ce n'était pas possible de la laisser parler. La réputation de deux familles était en jeu. Soisiel-Chapegrain est une petite ville, les gens sont extrêmement conservateurs… Début mai, Catherine a commencé à perdre du sang. Je lui avais installé un coin dans l'atelier pour qu'elle soit tranquille. Elle s'enferma ici, ne voulut plus voir personne… C'est elle qui insista pour que nous construisions ce muret devant la porte. Une lubie. Elle passait ses journées à lire. Mon mari lui apportait chaque jour ses médicaments mais je la soupçonnai de ne pas les prendre — je crois en vérité qu'elle ne désirait plus cet enfant. Elle perdait du poids au lieu de grossir. Nous avions tous peur qu'il soit anormal. Finalement, la nature a décidé…

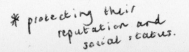

* protecting their reputation and social status.

— Et Silvio ?

— Silvio était en pension à cette époque, heureusement, il avait son monde à lui, ses amis. Sa sœur refusait de lui parler. Boris a été formidable. Il était le seul à pouvoir communiquer avec Catherine. Elle aurait dû suivre une psychothérapie, c'est à ce moment-là que les choses se sont vraiment déglinguées… Cet accident a pesé lourd sur la famille. Mon mari s'est plongé dans le travail, comme si en aidant tous les vieux du quartier il allait sauver sa fille… Moi, j'ai commencé à ramasser tout ce que je trouvais pour en faire des émaux, je devais brûler, brûler encore, transformer, métamorphoser, pour racheter l'âme de ce petit être…

Mme Pozzuoli me montra le four.

— Tu vois, sur le côté, il y a des trous. Pendant la cuisson, on voit la silhouette des pots. On dirait qu'ils sont dans un autre monde. Il ne faut pas regarder trop longtemps, à cause de la chaleur, ça peut vous brûler les yeux… Parfois j'imagine que Tom est là, l'essence de Tom, dans cette vibration douloureuse.

Soudain, ta mère cacha sa tête dans ses mains. Je ne sais pas pourquoi, je me mis à pleurer aussi, et nous nous retrouvâmes toutes les deux enlacées. Je sentais ses doigts qui me caressaient la nuque, ma fille, murmurait ta mère, ma petite fille, et c'est en entendant ces mots que j'ai compris : ta mère me mentait, elle m'avait menti, comment pouvait-elle savoir que Catherine attendait un garçon, et non une fille, puisqu'il n'y avait pas eu d'échographie ? Et pourquoi ce bracelet était-il déjà gravé au moment de la fausse couche, quatre mois avant le terme prévu ?

Je devais quitter cet atelier plein de cendres et de poudre d'os. Je profitai d'un moment d'inattention de ta mère pour prendre la gourmette. Je lui dis qu'il fallait que je parte maintenant, très vite, sinon j'allais rater mon train. Elle ne pleurait plus soudain — avait-elle jamais pleuré ? Ses yeux étaient secs. Rouges, mais secs. Mme Pozzuoli me demandait avec insistance où étaient les manuscrits de Catherine, où sont-ils, criait-elle, ils ne vous appartiennent pas, je vais prévenir la police, et, sans même repasser par la maison pour chercher ma valise, je me mis à courir en direction de la gare.

Ta mère me suivit jusqu'à la route du lac, puis elle abandonna. Le train était annoncé avec quelques minutes de retard. En passant devant les consignes, je récupérai mon sac en plastique. Je glissai la photo de Tom dans ma poche, près de sa gourmette.

Le train s'arrêtait souvent. L'homme assis à côté de moi ressemblait à l'un de mes premiers petits amis, celui qui tenait la caisse d'un cinéma. Son rêve était de nous prendre, moi et mon panier plein de confiseries, dans le couloir qui menait à la cabine de projection — tous les dimanches, je remplaçais l'ouvreuse. Il n'a jamais rien tenté en ce sens. Je ne sais pas si j'aurais apprécié. Les esquimaux fondent vite, les spectateurs sont exigeants, il faut voir la tête qu'ils font lorsque vous leur servez du cône un peu mou. Mon ami habitait un appartement trop grand pour lui en proche banlieue. À nous deux, nous aurions pu nous en sortir de façon confortable, financièrement parlant. La vie en a décidé autrement. Nous nous sommes quittés sans heurt, une main a séparé le blanc du jaune, voilà, meringue d'un côté, mayonnaise de l'autre : au lit on s'ennuyait. Comment expliquer cela ? Ce n'était pas une question de technique, il faisait tout comme il faut, mais justement, tellement comme il faut. Ça rentrait, ça sortait. Et régulier avec ça, une vraie machine à coudre. Il lui fallait du prêt à enfiler, du prêt à mettre. Il remplissait son devoir conjugal, le premier trou en partant d'en bas, et avec lui les corps devenaient vulgaires parce qu'à la fin, à force de mécanique, je ne l'aimais plus. Il me venait des pensées redoutables pendant qu'il besognait. Une fois (ce fut la dernière), je me suis même endormie. Nous étions au lit, moi en dessous de lui, et, sans transition, j'ai entendu de l'eau couler dans la salle de bains. Je me suis levée, la porte était entrouverte, la baignoire presque pleine, la mousse débordait — mon ami se finissait devant le lavabo. Il m'a aperçue dans la glace. Avant que je puisse dire un mot, il a éjaculé.

J'ai ri, je ne me moquais pas de lui, je le trouvais séduisant, je me suis collée contre son dos, il m'a repoussée d'un coup de coude. Il était de mauvaise humeur : je me suis rhabillée et je suis rentrée chez moi. Il n'a jamais essayé de me revoir.

Le train ralentit. Mon voisin enfila sa veste. La doublure synthétique sentait la transpiration — l'odeur disparut dès la fermeture des boutons. C'est drôle, toutes ces impressions que l'on garde pour soi, à l'intérieur. Certains tissus se souviennent, d'autres sont amnésiques. Ils font écran. Je repensai à Mme Pozzuoli, pendant le cours de poterie, le va-et-vient de sa paume sur le cône d'argile associé, dans son esprit tordu, aux gestes obscènes de Cat. Comment pouvait-elle imaginer des choses pareilles et pourquoi, toujours, se placer en position de rivalité ? Lorsque Mme Pozzuoli s'était intéressée à la poterie, sa fille s'était tranquillement éclipsée. Elle lui avait laissé le champ libre, sans autre forme de discussion. Il y avait un endroit cependant où Catherine avait trouvé une place privilégiée, un lieu où sa mère ne pourrait décemment jamais la remplacer : dans le lit de Silvio.

Ton petit lit de jeune garçon.

Je comprenais Catherine. Je l'admirais d'avoir eu la force de t'aimer. J'étais un peu jalouse aussi, car il me semblait n'être qu'une pâle copie de cette sœur hors du commun. Jamais je ne serais entrée dans la charcuterie de Soisiel-Chapegrain avec un anneau dans le nez. Jamais je n'aurais eu le courage de lire mes textes en public. Oserais-je même te parler des confidences de ta mère ? Il le fallait, je ne pouvais plus me cacher derrière ton silence. Cat était morte, Boris avait disparu, il ne s'agissait pas de trafic de voitures ou de chaussures à stocker mais de vies humaines. Le jeu avait assez duré. J'en savais trop pour ne pas me sentir menacée, je ne pouvais plus t'aimer le cœur léger, partir à l'aventure, je ne savais plus faire cela, prendre ta main, la glisser entre mes cuisses, te caresser en pleine rue, je n'en étais plus capable. Je n'étais plus innocente. Quelques mois au contact de ta vie et j'étais devenue opaque, légèrement irisée.

J'arrivai chez ma tante à la nuit tombante. Il y avait de nouvelles plantes dans l'entrée, dont une spécialement exubérante qui ressemblait à un gros ananas. Les fenêtres étaient ouvertes, la vaisselle entassée dans l'évier. Je trouvai un mot de Silvio sur la table de la cuisine. Ils étaient sortis dîner, ils rentreraient probablement assez tard. Suivait le dessin rituel qui signait nos correspondances. Ma tante avait ajouté un petit cœur dans un coin. Il y avait du nouveau, écrivait-elle, elle me raconterait demain.

L'absence de Silvio ne me déçut qu'à moitié. Avant de lui parler, j'avais envie d'aller voir à quoi ressemblait ce club où, d'après le détective, Catherine passait ses soirées. Le téléphone du Coupe-File figurait dans les pages jaunes. Un répondeur annonçait d'une voix claire l'heure d'ouverture de la boîte de nuit et les horaires des animations. De fermeture il n'était pas question. Je me demandai ce que recouvrait le terme «animation». C'est drôle, je n'avais pas peur, j'étais même assez excitée à l'idée de découvrir le monde secret de Catherine. Je l'imaginais près de moi qui me protégeait, oui, je me sentais habitée par cette femme dont je ne comprenais pas les livres. Il me semblait lui donner, en échange de sa protection, la chance d'une autre vie — une existence moins heurtée où, enfin, elle aurait le droit d'aimer Silvio.

Et d'avoir un enfant de lui.

Le Coupe-File se trouvait au fond d'une impasse, non loin d'une église moderne insérée dans un complexe immobilier. Un panneau sur la porte signalait que l'accès était réservé aux membres du club. Au dernier moment, j'eus l'idée de me faire passer pour la sœur de Catherine Claire. Le jeune homme au crâne lisse qui gardait mollement la porte me laissa entrer sans difficulté. Il mâchait un chewing-gum assorti à sa chemise dont il faisait de petites bulles serrées qui claquaient comme des amorces. En descendant quelques marches, après le vestiaire, on arrivait dans une salle faiblement éclairée. Je demandai au barman s'il connaissait un certain Moustique. Il hocha la tête d'un air entendu. Une femme en short me conduisit dans la deuxième salle. Elle portait ses cheveux nattés en macarons sur les oreilles. L'endroit ressemblait à un bar plus qu'à une discothèque. Ça buvait, ça discutait, personne ne dansait vraiment — tout juste quelques trémoussements ici et là répondant au rythme discret d'une sono tenue en bride. L'ambiance était douce, les couleurs chaudes, seules les chaînes qui

pendaient du plafond révélaient un goût sans équivoque pour les attachements violents. Des pans de
drap rouge dissimulaient sans doute, en face du
comptoir, un décor moins velouté. Trois niches
creusées dans le mur abritaient des sculptures de
faune. Je pensai à la propriétaire du Cabinet des
Antiques et à son brushing impeccable. Elle devait
dormir sur le ventre pour l'économiser. Ma tante
allait-elle m'apprendre que les assurances avaient
accepté de la dédommager ? Au bout d'un temps
qui me parut interminable, un jeune homme à la
peau mate s'avança vers moi. Ses deux mains se
posèrent à plat de chaque côté de la table. Ses
doigts ressemblaient à de longues tiges de bois.

— Catherine n'a jamais eu de sœur, lança-t-il,
qu'est-ce que vous me voulez ?

Moustique attendait ma réponse. Je ne savais pas
quoi dire, la vérité sans doute, mais quelle vérité ?
La tienne, celle de Mme Pozzuoli ?

— J'aimerais que vous me parliez de Catherine
Claire, improvisai-je, je suis journaliste et j'écris un
article sur *L'analogie du miroir*.

— C'est incroyable le nombre de personnes qui
s'intéressent soudain à elle. Comment êtes-vous
arrivée jusqu'ici ? Comment connaissez-vous mon
nom ?

La conversation s'engageait mal. D'un geste
d'habitué, Moustique commanda à boire.

— Je ne suis pas journaliste, avouai-je, je voulais
vous rencontrer parce que...

Moustique me regarda d'un air las. Il me
conseilla de le tutoyer et de passer directement à

l'essentiel. Il avait été interrogé trois fois par la police au sujet de Catherine, ça lui suffisait.

— Je reviens de Soisiel-Chapegrain, expliquai-je, ses parents ont évoqué devant moi votre relation. Ils prétendent…

J'avalai ma salive. Comment formuler cela ?

— Ils disent que Cat a été assassinée par quelqu'un de la boîte de nuit, ils en sont persuadés, un crime sexuel en quelque sorte, ou un règlement de comptes.

Moustique se détendit.

— Et tu les as crus ?

— Je ne sais pas.

— Alors tu vas savoir.

Moustique m'entraîna dans la salle où se déroulaient les animations. Un lit à baldaquin équipé d'agrès aux formes psychédéliques trônait sur la scène ronde, en contrebas. Une fille répétait. Elle portait un justaucorps rapiécé et fouettait l'air avec ses cheveux de façon méthodique, en comptant de un à huit. Moustique lui demanda s'il pouvait me montrer les coulisses. La fille me regarda d'un air soupçonneux, comme si j'avais voulu lui prendre sa place.

Une table jonchée d'accessoires courait le long de la loge unique. Il y avait des menottes, encore des chaînes, quelques godemichés de taille impressionnante, un martinet jaune fluorescent, une cagoule noire sans trous pour les yeux, des affaires de maquillage et deux miroirs entourés d'ampoules électriques. Des costumes peu encombrants étaient suspendus à un portant.

— Voilà, dit Moustique, tu as tout vu. Deux fois par nuit, vers onze heures trente et une heure du matin, la fille qui s'échauffait en bas fait semblant de jouir sous les coups d'un bourreau qui fait semblant de la torturer. C'est parfois drôle, parfois bandant, ça dépend des réactions des clients. Ils sont autorisés à participer, c'est là que ça se corse. Souvent, les rôles s'inversent, la fille prend le dessus. Chacun vient au Coupe-File pour des raisons différentes, il y en a qui aiment vraiment être humiliés, d'autres qui tentent l'expérience... La grande majorité des habitués ne passe jamais à l'acte, ce sont des voyeurs, ils s'amusent de l'audace des novices.

— Et tu es un de ces habitués ?

Avais-je dit une bêtise ? Moustique sourit pour la première fois. Il avait de belles dents, blanches et régulières, et des gencives très claires, contrastant avec la couleur de sa peau.

— Non, expliqua-t-il enfin, je travaille ici depuis trois ans.

Je ne sais pas si cette réponse devait me rassurer. Dans un sens, je préférais qu'il ne passe pas ses nuits au Coupe-File pour son propre plaisir. Il n'y a pas de sot métier, aurait dit ma mère, tout le monde a besoin de gagner sa vie, et j'imaginais les mains de Moustique se refermant autour du cou de la jeune femme en justaucorps. Je les voyais sur son sexe, pressant. Je les sentis se poser sur mes épaules et, légèrement, me pousser vers la porte des coulisses.

— Le tyran sanguinaire, confirma-t-il, l'affreuse

bête au rire sardonique, c'est moi. Je bourre mon caleçon de coton pour impressionner les clients, je passe de l'huile sur mes biceps, parfois même je m'enduis de gel pailleté. Entre nous, on s'amuse bien. Personne ici ne ferait de mal à une mouche.

— Et Catherine ?

— Nous nous sommes rencontrés il y a deux ans chez des amis communs. Elle voulait me parler de mon travail, des gens qui fréquentaient la boîte, les très jeunes surtout. Elle avait lu dans un article que la plupart des personnes qui s'adonnaient à ce genre de pratiques avaient été malmenées pendant leur enfance. Je crois que c'était le sujet de son prochain roman. Elle aurait aimé connaître mon opinion, je lui ai dit de venir enquêter elle-même, je n'avais pas d'idées précises sur la question. Le passé des clients, moi, ce n'est pas mon affaire. Au début, Cat prenait des notes, elle recueillait des confidences, mais très vite elle a abandonné son stylo.

Après un tour complet de la boîte de nuit, nous nous retrouvâmes de nouveau dans la deuxième salle. Je demandai à Moustique ce qu'il pensait des parents de Catherine. Sa réponse fut claire : un cauchemar. Dès sa première visite il avait détesté Soisiel-Chapegrain, tout ce bien ciré, ce rustique, le siphon monté en lampe de chevet, les crochets à bœufs en guise de patères, les coquillages vernis, les pots dans les cache-pots, rien n'était à sa place, tout était transformé, déplacé, dissimulé…

Maquiller les objets, pensai-je, comme on maquille l'histoire. Silvio lui-même avait un talent certain pour transformer les situations. C'était ce que j'admirais en lui, ce don de magicien, cette façon de recréer le monde.

— Je ne comprends pas pourquoi Cat retournait toujours chez ses parents, poursuivit Moustique. J'avais l'impression qu'elle cherchait quelque chose, un objet perdu...

Je sortis la gourmette de ma poche et la déposai sur la table.

— Ah, tu es au courant, s'étonna Moustique. Je croyais que j'étais le seul à savoir, en dehors de la famille...

Puis, enroulant la fine chaîne dans le creux de sa main :

— Oui, Tom, tu as raison... C'était sans doute lui qu'elle allait chercher à Soisiel.

— Il habite toujours là-bas ?

Moustique me regarda d'un air surpris.

— Tom est mort tout petit, il avait un an à peine, tu n'étais pas au courant ?

Mon intuition se confirmait. Mme Pozzuoli m'avait menti. Pourquoi tout ce brouillard autour de cette courte vie ? N'aurait-il pas été plus simple de ne rien me dire — ou de me dire la vérité ? Moustique commanda de nouveau à boire. Peu à peu, l'histoire de Tom se recomposait. L'enfant de Cat me parlait à travers ce jeune homme, assis devant moi, ce garçon aux mains de bronze qui battait une fille en public pour payer ses études. Oui, depuis son plus jeune âge, Catherine venait rejoindre son frère dans son lit quand leurs parents étaient endormis. Elle avait peur, toute

168

seule, la nuit, et puis il faisait froid dans ces grandes maisons. Cette drôle d'habitude avait déterminé la suite de ses relations amoureuses.

— Son affection prenait des voies détournées, racontait encore Moustique. Elle m'autorisait à la caresser, par exemple, mais elle restait absolument passive, comme si elle interdisait à son corps de manifester le moindre signe de plaisir. La vie commune n'était pas simple. Un jour, elle s'enfermait pour écrire, sous aucun prétexte il ne fallait la déranger, et le lendemain elle se plaignait parce que je la laissais seule. Chaque matin, je me demandais quelle Catherine allait se réveiller à côté de moi. La petite fille boudeuse, la mère meurtrie ou l'amie libertine…

— Vous viviez ensemble ?

— Depuis quelques mois, nous partagions un appartement. En principe, nous avions chacun notre chambre.

— Et ses papiers, ses notes de travail ?

— La police a saisi toutes les affaires de Catherine. Ses parents ont fait un foin pour les récupérer, mais ils n'ont pas obtenu gain de cause.

— Silvio était vraiment le père de Tom ?

— Je ne sais pas, personne ne sait. Même Catherine avait des doutes sur la paternité. Elle avait rencontré quelqu'un à la sortie des cours, un homme plus âgé qu'elle. Ils avaient fait l'amour dans une voiture. Les dates correspondaient. Finalement, quelle importance ? Elle m'a raconté que le petit était né à la maison, ses parents avaient installé un coin au fond du jardin. elle avait exigé qu'on la

parents covering it up

169

bâillonne pendant l'accouchement pour ne pas alerter les voisins… Elle gardait de l'expulsion un souvenir fulgurant, parfois j'avais l'impression qu'elle essayait de recréer ce moment avec moi, elle me demandait de la serrer sous les bras, fort, si fort qu'elle en avait le souffle coupé. Je ne sais pas comment ils ont tenu dans l'atelier avec un bébé, presque un an, sans se faire repérer. Catherine était complètement perdue à l'époque, elle n'allait pas bien du tout, elle prenait des médicaments… À Soisiel, personne n'était au courant. Ses camarades de lycée la croyaient partie comme jeune fille au pair en Angleterre. Tom, officiellement, n'a jamais existé. Il n'est inscrit sur aucun registre.

— Ils l'ont enterré où ?

— Son corps a été brûlé.

Moustique baissa les yeux. Brûlé, réduit en cendres, transformé en émail ou stocké dans un petit pot. De quelle façon Catherine comptait-elle se débrouiller ? Il aurait bien fallu mettre son fils à l'école, lui inventer une identité. Je pensai à ces enfants sauvages dont les journaux, par vagues, révélaient l'existence. Celui-là, élevé dans une cave, qui avait hurlé le jour où les policiers l'avaient sorti de la pénombre, il n'avait jamais vu la lumière du soleil, il croyait que le monde allait exploser. Cet autre tenu en captivité comme un chien dangereux parce qu'il bougeait trop ou volait des pommes. Tom, marchant à quatre pattes entre l'évier et le four de grand-mère. Comment M. Pozzuoli avait-il pu accepter cette situation ? Je l'imaginai, sur le stock de la pharmacie, en cati-mini, fournissant couches en coton, lait en poudre, biberons et farines…

Moustique ne comprenait pas non plus l'atti-tude de ton père. Et s'il avait été nécessaire de faire une césarienne? Risque-t-on la vie de sa propre fille, et de son petit-fils, dans le seul but d'éviter les ragots? Et Silvio, demanda encore Moustique, où était passé Silvio? La police le recherchait depuis la mort de Catherine. Il était le seul à ne pas avoir répondu à la convocation. Au début, le Coupe-File était la cible idéale des enquêteurs, mais finale-ment aucune inculpation n'avait été retenue. Moustique avait présenté un alibi sans faille : il pas-sait un examen au moment du crime. Son profes-seur était là pour l'attester, et vingt-cinq étudiants qui comme lui planchaient sur le programme du trimestre. Il avait failli parler du petit Tom à la police, il lui semblait que les deux morts (celle de l'enfant et, des années plus tard, celle de la mère) n'étaient pas étrangères, mais finalement il avait renoncé. Cat n'aurait pas aimé entendre prononcer le nom de son bébé devant des hommes en uni-forme. Selon la police, elle était bien morte d'une hémorragie cérébrale et ce n'est qu'après son décès que sa jupe avait été baissée. L'enquête pié-tinait. Cat n'avait pas été violée — hormis ce tube de rouge à lèvres, comment peut-on faire une chose pareille, disait Moustique, et puis il me quitta : il devait aller se maquiller. Il me conseillait de ne pas rester pour le spectacle. Il ne se sentait pas très en forme, il préférait que je revienne un autre soir.

Je n'insistai pas. L'histoire du rouge à lèvres me rappelait le casse de la pharmacie, et le dégoût de ta mère lorsqu'elle évoquait l'impression de sang coagulé sur les touches de l'ordinateur. Il y avait là une signature qui aurait intéressé la police — mais si je me montrais maintenant, on me demanderait qui j'étais, et si je répondais sincèrement (ton amie, l'amie du frère de la victime), on voudrait aussitôt savoir où tu te cachais. Je n'avais pas le droit de te dénoncer. Pas envie de te perdre. Pas le courage de ne plus t'aimer.

Moustique m'embrassa pour me dire au revoir. Il posa sa main sur ma joue et me conseilla de faire attention à moi. Sa gentillesse me donnait envie de pleurer. J'essayai de payer les consommations, le barman refusa mon argent. Quelqu'un commandait un double whisky à l'autre bout du comptoir. Je reconnus immédiatement ta voix, cette façon de marquer les consonnes. Ma tante était assise à côté de toi. Elle portait une robe violette décolletée dans le dos.

23

Silvio resta calme, au début, mais peu à peu la colère montait, qu'est-ce que tu fais ici, qui t'a permis d'aller chez mes parents, pourquoi parlais-tu à ce type ? On nous regardait en souriant, j'avais l'impression que tu allais me gifler, me battre, et qu'au lieu d'intervenir les clients du Coupe-File se réuniraient autour de nous et se mettraient à applaudir, ou discrètement à se palucher, à se frotter le sexe contre les tabourets en se titillant les moustaches, nous deviendrions l'attraction, le clou du spectacle, enfin de l'animation pour de vrai, pas seulement de la gymnastique. Silvio ne comprenait pas pourquoi je m'obstinais à me mêler de ses affaires, comme si la mort de Boris Melon ne m'avait pas servi de leçon — heureusement il y avait ma tante qui, en réponse aux questions de Silvio, m'inventait toutes les excuses du monde, enfin tous deux se turent, et je pus m'expliquer.

24

Mourir, ou être réduit au silence. Ne restent plus que quelques lettres dans un œuf recouvert de cendres. Un mot à l'envers gravé sur une fine plaque d'or. Il fallait trouver une solution pour Tom, disait Silvio, les bras croisés sur le comptoir du Coupe-File, tout le monde devenait fou. Il souffrait, nous souffrions. Catherine passait des heures à le bercer, il se souviendrait toute sa vie de ce mouvement, Cat se balançant d'avant en arrière, le petit collé contre elle, et on ne savait plus des deux qui était l'enfant et qui était la mère, on ne savait plus qui avait besoin d'être consolé. Catherine regardait fixement devant elle, des larmes coulaient sur ses joues, elle ne faisait rien pour les essuyer. Elle était épuisée. De temps à autre, ses parents acceptaient de prendre le petit à la maison pour la soulager. Il devenait impossible de le garder enfermé dans l'atelier. On ne pouvait augmenter à l'infini les doses de sirop, Tom réclamait du mouvement, des amis, des promenades. Silvio avait proposé de l'emmener avec lui pendant les vacances, il se sentait tout à fait capable de s'occuper d'un bébé, ils iraient à l'hôtel, au bord de la mer, mais ses tentatives avaient été mal interprétées. Catherine prétendait que son frère cherchait à lui enlever l'enfant, qu'il en profiterait pour le déclarer, sans son accord, et comme un jour Silvio insistait pour qu'elle parte se reposer, ailleurs, loin de la famille, Catherine se fâcha : elle ne voulait plus voir son frère, il devait la laisser tranquille, une fois pour toutes, lui foutre la paix. Silvio s'éloigna, la mort dans l'âme, et sa mère ne fit rien pour le retenir. Son fils était l'incarnation vivante d'un acte que jamais personne à Soisiel ne devait soupçonner sous peine de détruire quarante années d'une lente et parfaite intégration. Boris Melon était le seul en dehors de la famille à connaître l'existence du petit Tom. Il passait chaque jour à l'atelier, figure improbable d'un père à qui on n'avait finalement accordé aucune responsabilité, sauf celle de rapporter des affaires en cachette. Dans son rôle de coursier discret, Boris s'épanouit. Il trouvait enfin sa place auprès de Catherine, il se sentait indispensable, attendu, sollicité. C'est lui qui acheta les premières salopettes de l'enfant, les brassières, les livres en carton épais, toutes ces choses que l'on ne peut décemment commander dans une pharmacie.

Un matin, Boris arriva avec un cheval à bascule soigneusement emballé dans du papier ordinaire et Tom n'était plus là. Son berceau s'était évaporé, aucun biberon ne séchait autour de l'évier, toute trace de l'enfant avait été effacée.

Catherine prenait un bain de soleil dans le jardin de ses parents. Elle était soi-disant rentrée d'Angleterre. Sur la peau blanche de son ventre se dessinait une ligne plus sombre. Lundi, elle retournerait au lycée.

Boris Melon ne voulut pas se satisfaire de cette version des faits. Tom était devenu le centre de sa vie. Il l'aimait ainsi qu'il avait aimé Catherine, avec patience et résignation. Il n'acceptait pas sa disparition. Mme Pozzuoli lui raconta que l'enfant avait été placé chez une nourrice, à la campagne, mais alors pourquoi l'empêchait-on de lui rendre visite ? Catherine pleurait comme avant et continuait à se balancer, son oreiller serré dans ses bras à la place du bébé. Elle partagea avec Boris les antidépresseurs que lui administrait son père. Bientôt, elle se servit elle-même dans les rayons de la pharmacie. L'effet sur Boris fut curieux. Il se mit à maigrir de façon fulgurante. On crut qu'il avait attrapé une hépatite virale, ou autre chose qu'on préférait ne pas nommer, il ne faut pas s'alarmer pour si peu, mais quand même, sept kilos en un mois, ses parents le conduisirent au laboratoire d'analyses médicales, ils l'accompagnèrent jusqu'à la cabine où s'effectuaient les prélèvements, pour s'assurer sans doute qu'on prenait bien le sang de leur fils, et non celui du voisin, comme ces mères qui ont peur que leur nourrisson ne soit échangé à la naissance — on attendit avec impatience les résultats, des pages de résultats négatifs, pas le moindre petit virus, pas l'ombre d'une hépatite. Boris regarda ses parents se réjouir d'un air absent. Catherine, finalement, n'était pas retournée au lycée. Elle dormait beaucoup, écoutait de la musique. Boris essaya vainement de la sortir de son apathie, mais elle ne semblait s'intéresser à rien d'autre qu'à l'action de ces petites pilules sur son corps. Coupe-faim, pastilles contre la toux, le mal des transports, Catherine s'y connaissait mieux que quiconque pour créer de nouveaux cocktails. Elle avait le don des mélanges, le sens des médicaments. Elle découvrit des ampoules destinées aux chevaux qui, bues à jeun, vous plongeaient dans un état particulièrement créatif. Elle se mit à écrire, la nuit. Boris revoyait la fillette qui servait à la pharmacie, quel âge pouvait-elle avoir ? Elle allait chercher les préparations dans l'arrière-salle, inscrivait les commandes sur le grand cahier. À son tour, Boris augmenta les doses. Ses habits trop grands tombaient autour de son corps comme ceux d'un autre. Il y avait entre lui et lui-même un espace vide que personne jamais ne réussirait à combler. Tom était là, le souvenir de Tom, entre la peau et les vêtements. Quand Catherine quitta la maison familiale, Boris ne réussit pas à se passer de ses comprimés. Il essaya bien, un jour, deux jours, mais au troisième il se traîna jusqu'à la pharmacie. Il se plaignait de douleurs abdominales, des douleurs qui l'empêchaient de dormir, il avait mal à la tête aussi, et aux articulations. M. Pozzuoli se sentit obligé de le dépanner. Boris avait été si serviable, et il en savait tant...

Au fil des semaines, les prescriptions s'affinèrent. L'état de Boris se stabilisa. Il devint un grand dadais silencieux et méfiant. Ses parents ne comprenaient pas où était passé leur enfant. Boris ne se présenta pas aux épreuves du baccalauréat. Il partit suivre un stage de sérigraphie. Boris aimait l'odeur des solvants, l'odeur des encres, il aimait reproduire, inlassablement, comme s'il pouvait faire naître sur le papier un double du petit Tom. Ses parents l'encouragèrent, trop heureux de trouver un terrain où leur fils unique allait de nouveau s'épanouir. Le pavillon qui appartenait autrefois à sa grand-mère était inoccupé : ils lui proposèrent d'y habiter avec un autre stagiaire. Après deux années dont on ne sait pas grand-chose, Boris voulut s'installer à son compte. Il lui fallait de l'argent. Son père était au chômage, sa famille n'avait pas les moyens de l'aider — à moins de vendre le pavillon de la grand-mère, ce que Boris refusait obstinément. M. Pozzuoli continuait à assurer la distribution de médicaments, gratuitement, et toujours sans ordonnance, il était difficile de lui en demander davantage. Alors, Boris pensa à Silvio.

story of Silvio owing Boris money

25

Les deux amis ne s'étaient pas revus depuis la disparition de Tom. Les retrouvailles furent tendues. Au dessert, ils signèrent un pacte : Silvio verserait à Boris une somme d'argent, chaque mois, de quoi rembourser les échéances d'un emprunt qu'il contracterait à la banque pour acheter son matériel de sérigraphie — en échange de quoi Boris promettait de garder pour lui l'histoire du petit Tom. Ni l'un ni l'autre n'avaient prévu que la banque refuserait le prêt, et que l'argent en question partirait directement, chaque mois, dans les poches d'un dealer.

Floating personality! / identity.

26

Le Coupe-File s'était rempli, il n'y avait plus une seule place assise. Silvio marqua une pause. Avait-il jamais cru à cette histoire de sérigraphie ? Il semblait sincèrement ému par le destin de son ancien ami. Boris ne pouvait rien entreprendre, disait-il, tout ce qu'il touchait était voué à l'échec. Il était devenu le gardien du secret familial, son dépositaire. C'était sa charge et sa propriété, son petit bien qu'il faisait fructifier. Mais l'argent, le fruit de la location de son silence, ne lui servait qu'à se détruire. (Je pensai aux personnages flottants du roman de Catherine Claire.) Eux non plus n'étaient pas déclarés. Ils n'avaient pas de nom, juste une initiale. Ils n'appartenaient qu'à la page qui leur donnait vie, à l'encre et au papier. Une chose m'échappait encore, un détail essentiel : comment Tom avait-il trouvé la mort ? La question me brûlait les lèvres et Silvio, comme cela nous arrivait souvent, y répondit sans que j'aie besoin de la formuler.

— Boris s'est toujours senti responsable de Tom, il s'en voulait de ne pas l'avoir déclaré dès les premiers jours de sa vie.(Qu'avait-il besoin d'attendre l'accord de mes parents ?)À force de questions, il avait fini par obtenir des explications : on avait raconté à Boris que le petit était tombé dans l'escalier de la maison principale, la tête en avant… Ma mère était aux toilettes, enfin c'est ce qu'elle prétendait, mon père faisait la vaisselle, ils n'avaient pas entendu Tom quitter la salle à manger. Il était monté tout seul au premier, à quatre pattes, peut-être pensait-il y trouver Catherine. Et puis d'en haut, du haut de l'escalier, il s'était laissé tomber.

Silvio resta un instant silencieux, comme s'il écoutait l'écho de sa propre voix. Il ajouta : J'étais à cinquante kilomètres de Soisiel au moment de l'accident. Je me souviens très bien d'avoir senti un pincement violent, là, derrière la tête.

Silvio se passa une main dans le cou pour effacer l'empreinte de cette douleur. Ma tante mécaniquement imita son geste.

— En apprenant la nouvelle, poursuivit-il, j'ai tout de suite pensé que mes parents n'étaient pas aussi innocents qu'ils le prétendaient. Ils parlaient de destin, de fatalité. Ils semblaient tellement sûrs de leur bon droit. Ils se voyaient comme les otages de cette situation impossible, les victimes de la perversité de leurs enfants…

Silvio enfouit sa tête dans ses mains.

— Leurs enfants, répéta-t-il, Catherine et moi…

J'aurais aimé le réconforter, mais je ne trouvais pas mes mots. J'étais obsédée par l'image du bébé dévalant l'escalier de la maison. Silvio n'avait pas dit qu'il avait trébuché, ou perdu l'équilibre, mais qu'il s'était laissé tomber, comme s'il s'agissait d'un acte volontaire. Je revoyais les marches cirées, la rampe astiquée, et je me demandais comment les Pozzuoli pouvaient vivre avec ça, tous les jours, comment ils réussissaient à monter, à descendre cet escalier, à fêter les anniversaires et à danser. Quelque chose de doux se posa sur mon épaule. Je sursautai. Un instant j'avais oublié où nous étions. La jeune fille aux macarons sur les oreilles se tenait dans mon dos.

— Le spectacle va commencer, susurra-t-elle, vous devriez aller prendre vos places…

Ma tante remercia poliment et, après avoir réglé les consommations, nous entraîna dans la direction opposée, vers la sortie du Coupe-File. Elle avait écouté le récit de Silvio avec une attention douloureuse. Nous marchâmes en silence jusqu'à sa voiture. Silvio monta à l'arrière, il voulait être près de moi.

Les arbres défilaient, je lisais le nom des rues pour ne pas pleurer, il recommença à pleuvoir.

— Quand l'enfant faisait trop de bruit, dit enfin

ma tante, tes parents lui donnaient du sirop contre la toux?

Silvio acquiesça. Il s'était toujours opposé à ce genre de pratique, mais que pouvait-il faire? Il n'était pas là, derrière Catherine, à surveiller le stock de Néocodion.

— Et pour empêcher Boris de les dénoncer, quelle était la recette de ton père?

— Je ne sais pas exactement. Des choses à injecter, je crois. C'était l'escalade, les stocks de la pharmacie devenaient insuffisants. Il y a un an environ, mon père m'a demandé de venir le voir. Il n'en pouvait plus des visites de Boris à la pharmacie. D'un commun accord, nous avons décidé de lui couper les vivres. Plus d'argent, plus de médicaments.

— Mais comme Boris s'obstinait à vous poursuivre, conclut ma tante, il a été éliminé. Ton père s'est sacrifié pour le libérer de sa dépendance.

Silvio sursauta. Comment osait-elle dire une chose pareille? Boris était mort d'une overdose, très probablement.

— Ou d'un mauvais mélange, suggéra ma tante.

— Oui, concéda Silvio, c'est possible. Un mauvais mélange.

Un camion vert bloquait la rue. Ma tante s'impatientait. Je comprenais pourquoi Silvio avait insisté pour faire disparaître le corps de Boris Melon. La complicité de ma tante restait mystérieuse. Il m'avait toujours semblé qu'elle en savait plus que moi, plus que nous tous, mais peut-être était-ce simplement sa façon à elle de se placer dans la vie, en face des événements, qui lui donnait cette assurance. Le camion, après quelques manœuvres, se gara sur une place réservée aux livraisons. Silvio me serra contre lui. Il posa sa main sur ma cuisse et me caressa sous la jupe. Pour la première fois sa tendresse me gêna un peu. Il m'offrirait tout ce qu'il avait été incapable d'offrir à sa sœur, disait-il (ma tante faisait semblant de ne pas l'entendre), c'est à ce moment-là qu'il aurait fallu s'enfuir, à cet instant précis, avant qu'il m'attire contre lui. Je retrouvais son odeur, la douceur de ses mots, il n'était pas responsable de la chute de l'enfant, pas responsable des doses croissantes que s'injectait Boris, il se contentait de reconnaître les faits, sans les condamner, parce que lui aussi, comme tous les enfants, avait besoin d'aimer ses parents. Les Pozzuoli s'étaient sacrifiés pour accomplir l'acte que personne n'osait imaginer, ils avaient assumé leurs responsabilités, selon les propres termes de Boris Melon.

Ma tante se retourna. Nous étions garés devant chez elle — je ne m'étais même pas aperçue que le moteur s'était arrêté. Sans un mot, ma tante te confia les clefs de la voiture. Je la vis se diriger vers la porte cochère mais, au dernier moment, elle changea d'avis. Silvio baissa sa vitre. Ma tante s'excusa, elle avait encore une petite course à faire (à onze heures du soir, une petite course ?), et, chassant du dos de la main sa robe violette pour ne pas la froisser, reprit sa place au volant. Nous nous retrouvâmes sur le trottoir, je ne sais pas qui commença, nous nous sommes mis à rire en regardant la voiture s'éloigner, un spasme indécent, incontrôlable, passant d'un corps à l'autre, d'une bouche à l'autre, nos ventres se creusaient, nous nous enlacions, que tu es bête, disais-tu, et tu riais de plus belle — un rire douloureux, comme un feu de détresse illuminant le ciel de cette rue triste où nous habitions, au cinquième étage d'un bâtiment de brique qui, plusieurs fois par mois, sentait le chou. Mon attention se fixa sur l'endroit où finissait l'immeuble et où commençait le goudron, cette ligne irrégulière qui n'appartenait à personne. Une touffe d'herbe poussait là, on se demandait comment, un vélo fit tinter sa sonnette : Silvio s'essuya les yeux.

Nous montâmes l'escalier sur la pointe des pieds. Le voisin avait glissé un mot dans la serrure de ma tante, elle était conviée à une réunion des locataires où l'on parlerait du local à poubelles. Le canapé du salon salua nos retrouvailles de ses grincements ordinaires. Plus tard, ton corps glisserait par terre, tu t'étirerais. Comme tu m'as manqué, répéterais-tu, je ne sais plus dormir loin de toi, je te cherche dans le lit, voilà ce que tu m'as fait, tu m'as volé mon sommeil, tu m'as vidé mes nuits. Je penserais à Catherine et je me tairais. Où avais-tu rangé ses manuscrits ? Dans le bureau de mon oncle, probablement, ton bureau déserté depuis le vol de Panidjem. Leur place n'était pas ici, ni sous clef dans les locaux de la police, mais chez un éditeur.

— Il faut que nous nous occupions des publications de ta sœur, dis-je soudain, et tu fus telle-

ment surpris par le son de ma voix que tu en lais-
sas tomber ta cigarette.

Un rond noir se dessina sur la moquette beige.
Je pensai à l'atelier de poterie, à ces trous qui s'ouvraient sur le côté du four.

— Il y a une chose que je ne t'ai jamais racon-
tée au sujet des textes de Catherine, dis-je encore.

Silvio essayait d'effacer la marque de brûlure en
grattant avec l'ongle de son index.

— Lorsque j'ai récupéré le cabas chez Kristen,
il manquait un manuscrit.

Silvio se redressa d'un bond.

— Un manuscrit? Mais c'est très important, où
est-il, pourquoi me l'as-tu caché?

J'avais l'impression d'entendre ta mère. Je
regrettai de ne pas avoir lu le texte en entier. Je
pensai à cette interview de Catherine que tes
parents avaient entendue par hasard à la radio.
Elle y évoquait l'écriture d'un roman autobiographique, elle parlerait de son enfance — mais où
s'arrêtait l'enfance? À la naissance de Tom? À sa
disparition? Je comprenais soudain l'importance
de ces pages. Leur publication mettait en danger
l'équilibre précaire qui s'était établi entre vous —
vous, c'est-à-dire toi, tes parents et Boris Melon. Il
y avait là un témoignage que tout le monde, semblait-il, avait hâte de posséder — de posséder, et
de détruire. Un témoignage qui, selon toute probabilité, se trouvait encore chez Kristen.

Silvio m'assura qu'il était inutile de téléphoner
pour prévenir de notre arrivée. En effet, Kristen

ne dormait pas. Elle nous accueillit comme des amis qui reviennent d'un long voyage. Le manuscrit de Catherine ? Non, elle ne voyait pas de quoi nous voulions parler. Elle nous dévisageait avec une insistance amusée. Elle aurait aimé apprendre ce que nous avions fait pendant tout ce temps, elle était curieuse et ne comprenait pas pourquoi nous refusions de nous asseoir, de boire un verre, pourquoi étions-nous si pressés ? Sa longue silhouette tanguait un peu, elle riait de façon volubile, je crois qu'elle avait bu. Je la sentis très seule, et lui proposai de nous accompagner. Tu me fusillas du regard, non, ce n'était pas une bonne idée, mais déjà Kristen enchantée par cette proposition mettait ses chaussures, de jolies ballerines assorties à sa veste, oui, elle voulait bien sortir, où que nous allions, elle avait besoin d'air, besoin de s'échapper.

Nous étions venus en taxi, la voiture nous attendait en bas. Tu donnas au chauffeur l'adresse de Boris Melon. Kristen demanda s'il s'agissait d'un bar, ou d'une boîte de nuit. Tu ne répondis pas. Elle était assise à côté de moi. Elle tira de son sac une petite bouteille de calva et m'en proposa. L'alcool me fit un effet étrange, comme si mes membres se détachaient de moi et allaient rejoindre le corps de Kristen, ton corps, celui du chauffeur, et nous composions tous les quatre — tous les cinq, en comptant la voiture — une entité mouvante avec ses lois, son but, sa raison. Drôle d'insecte que nous formions, tournant autour de la lumière d'un texte disparu. La tête de Kristen se posa doucement sur mon épaule. Je ne m'étais pas sentie aussi bien depuis longtemps.

27

Le journal de Catherine Claire se trouvait peut-être là, à quelques pas de nous, dans la bibliothèque de Boris Melon ou sur son bureau, ou encore caché au rez-de-chaussée, sous une pile de journaux. Kristen se demandait ce que nous faisions dans cette rue de banlieue, elle cherchait une porte éclairée, un garage transformé en bar, une usine désaffectée, mais elle dut se rendre à l'évidence : nous n'allions ni danser ni boire un verre — nous n'étions pas d'humeur à nous changer les idées. Elle suivit Silvio dans le jardinet. Le taxi nous attendrait plus loin. Rien n'avait bougé. Ni le chat à la patte cassée, ni la marquise, ni le nom effacé au-dessus de la sonnette. La porte de derrière n'était toujours pas fermée à clef. Kristen et Silvio, sur la pointe des pieds, montaient l'escalier. Il y avait dans leurs gestes une application ridicule, j'avais l'impression qu'ils jouaient. Tu glissas quelque chose à l'oreille de Kristen puis, redescendant vers moi et posant ta main sur ma joue, tu me demandas si ça ne me dérangeait pas de rester en bas pour faire le guet. J'acceptai sans enthousiasme (l'idée de vous savoir tous les deux ensemble, dans le noir), mais, au fond, j'étais soulagée de ne pas être obligée de retourner dans la chambre de Boris Melon. Cette pièce ne me rappelait que de mauvais souvenirs : la bouteille d'éther posée comme un bâton d'encens sous la photo du petit Tom, le téléphone pendu au bout de son fil et les jambes mortes de Boris coincées par le chatterton dans le sac à gravats…

Le ciel était dégagé, il n'avait pas plu depuis presque une semaine — un record. Pourquoi nous entêtions-nous à vivre ici ? Maintenant que nous avions de l'argent, nous pourrions partir où bon nous semblerait, en Argentine, au Groenland, à Pondichéry, dans les Vosges, il suffirait de dire. Il suffirait de désirer.

Au loin, une moto démarra. Personne n'écoutait de la musique. Personne ne rangeait la vaisselle. Peut-être quelqu'un fumait-il une cigarette, assis devant une lettre difficile à écrire. Soudain, j'entendis un bruit de bagarre au premier étage, une chaise renversée, puis, en dépit de toute prudence, les deux appliques du couloir s'allumèrent simultanément. Il y eut des rires étouffés, des objets déplacés, je n'y comprenais rien. Je n'osais pas quitter mon poste d'observation. Quelques minutes plus tard, Kristen se penchait à la fenêtre et me proposait du thé. Je lui fis signe de parler moins fort. En montant chercher ma tasse, je compris les raisons de cette effervescence : ma tante nous avait précédés dans la chambre de Boris Melon.

C'était ça, la «petite course». Ma tante avait retrouvé le manuscrit de Catherine Claire.

Silvio, allongé sur le lit, était plongé dans la lecture du journal de sa sœur. Ses yeux se levèrent à peine lorsque je m'approchai de lui. Ce n'est pas le moment, dit-il, mais je ne demandais rien, non, je ne voulais rien lui demander. Ma tante recopiait quelque chose sur son agenda. Kristen avait faim. Elle s'agitait dans le coin-cuisine, ouvrant un paquet de biscuits, cherchant le sucre, les petites cuillères, et faisant tomber au passage le couvercle de la théière. Silvio se mit à crier en retenant sa voix, vous ne pouvez pas me laisser en paix cinq minutes, on aurait dit qu'il s'adressait à des enfants, si vous n'êtes pas capables de, mais il ne finit pas sa phrase : le chien des voisins aboyait. Kristen me regarda d'un air désolé. Je descendis, espérant que le chien se calmerait en reconnaissant mon odeur. À peine avais-je posé les pieds dans le jardin qu'il s'élança contre la haie. Les aboiements redoublèrent. La lumière s'éteignit au premier — Silvio devait poursuivre sa lecture à la lampe de poche car je voyais de temps à autre la fenêtre s'éclairer. Bientôt, un deuxième faisceau se dirigea sur la façade : les voisins alertés fouillaient l'obscurité. Je me plaquai contre le mur et, pas à pas, réussis à rentrer.

Le calme revint. Je commençai à avoir froid. J'allai m'installer dans la salle de bains du bas, celle qui avait été transformée en labo photo. L'unique fauteuil sentait le moisi, je préférai m'asseoir par terre, sur un coussin. Je pensai à tes yeux glissant sur le manuscrit. Quelle était la part d'imagination dans le récit de Catherine ? Personne ne le saurait jamais. D'après les quelques pages que j'avais parcourues, il ne s'agissait pas de choses inventées mais plutôt d'un inventaire, comme si Cat avait éprouvé le besoin d'abattre son jeu, de tout mettre à plat, sur sa table de travail.

Faire le point, aurait dit ma tante qui avait le goût des raccourcis.

Qu'est-ce qui peut pousser une femme de trente ans à écrire ses Mémoires ? Catherine se sentait-elle menacée ? Boris Melon la poursuivait-elle, comme il poursuivait Silvio ? Une voiture ralentit en passant devant le pavillon. Je trouvai dans la poche de mon pantalon un de tes chewing-gums à la menthe. Le papier avait collé. Je revis le type, à l'entrée du Coupe-File, faisant claquer ses petites bulles. Moustique n'avait pas l'air au courant de l'existence du journal. Il me semblait entendre des pas. Sans doute Kristen qui m'apportait enfin ma tasse de thé. Elle marchait lentement pour ne pas la renverser. L'ampoule rouge située au-dessus de l'agrandisseur s'alluma.

La femme en uniforme qui se tenait devant moi ne ressemblait pas du tout à Kristen. Elle était petite avec une grosse tête fatiguée. Elle ne me tendait pas une tasse de thé au lait, mais une carte de police. Je me souviens d'avoir éprouvé une sorte de soulagement. Peut-être s'agissait-il d'une grande fatigue. Nous ne pouvions continuer à vivre ainsi, sous la menace des morts.

Deux policiers vinrent bientôt encadrer leur collègue. Ils s'inclinèrent tour à tour, très sérieux, très civilisés. Les voisins, déclara le plus vieux des deux, ont signalé des mouvements suspects autour du pavillon. La femme voulut vérifier mon identité

Aunt upstairs at Boris' house, she's going to have to distract/lie to the police.

mais je n'avais pas mes papiers sur moi. Je me présentai sous un faux nom. Elle me demanda si je vivais ici, dans cette maison. Comment justifier ma présence chez Boris Melon — et surtout, comment empêcher les policiers de monter au premier étage ? Je répondis que je n'habitais pas ici, que je n'habitais nulle part, non, je n'avais pas de domicile fixe. La femme s'approcha de moi et me saisit la main gauche (vous permettez ?). D'un geste vif qu'elle répéterait ensuite de l'autre côté, elle releva ma manche. Son index courut le long de mes veines. Je me laissai faire. La femme me donna une petite tape sur l'épaule. Elle avait l'air rassurée.

— Vous connaissez Boris Melon ?

— Je le connaissais un peu...

Je voulus me reprendre, pourquoi avais-je utilisé le passé ? La femme tira le fauteuil et s'assit en face de moi. Son uniforme allait sentir le moisi. Je repensai à mon voisin de train. Elle n'était pas agressive, non, elle désirait juste comprendre ce que je fabriquais, assise par terre, dans le noir. Je prétendis ne pas avoir assez d'argent pour me payer une chambre d'hôtel. J'étais venue me réfugier chez Boris parce que la porte de derrière n'était jamais fermée à clef. Je parlais un peu fort, pour masquer les éventuels mouvements à l'étage (mais vous deviez avoir repéré avant moi l'arrivée des policiers car vous étiez parfaitement silencieux).

— Nous surveillons depuis quelques mois le secteur, expliqua la femme. Ce n'est pas la première fois que vous passez par ici. Ne me racontez pas de mensonge, ne dites rien si vous préférez. Le lit de la cellule n'est pas très confortable, mais ce sera toujours mieux que…

Je dus faire la grimace car la femme éprouva le besoin de me rassurer. Il ne fallait pas que je m'inquiète, je serais relâchée demain, après l'interrogatoire.

— Boris Melon se cache, expliqua-t-elle, nous le recherchons pour trafic de drogue. Si vous avez des choses à nous apprendre à son sujet…

Je sentais que ma personne ne l'intéressait que modérément. Elle allait bientôt monter dans la chambre, c'était sûr, elle se levait, indiquant l'escalier à ses collègues d'un signe de la tête, que pouvais-je inventer pour les retenir ?

— Boris Melon ne se cache pas, lançai-je, il est mort. C'est moi qui l'ai tué.

Voilà, la femme se rassit. J'avais trouvé les mots justes. Les mots crampons. Je me mis à parler, parler, je ne sais pas ce qui m'a pris, j'ai raconté toute notre histoire, à ma façon. Les policiers étourdis écoutaient ce grand déballage. Ils n'avaient plus du tout envie de quitter la salle de bains transformée en labo photo, pour un peu ils se seraient assis, l'un sur le bidet, l'autre sur le siège des toilettes, mais non, ils restaient debout, bouche bée, ne faisant aucun mouvement qui puisse interrompre ma confession. Je parlai de l'argent que tu devais à Boris, des coups de fil incessants, des menaces, et même de l'altercation dans le jardin public. La femme m'interrompit.

— N'existait-il pas un moyen moins radical de libérer votre compagnon de ses dettes? demanda-t-elle.

Il y avait dans sa voix quelque chose de très doux qui me poussa à continuer. Je prétendis que Boris Melon avait essayé de me violer lorsque je lui avais apporté l'argent. Il était allongé dans son lit. Il semblait malade. Il m'avait demandé de l'aider à s'asseoir, et, au moment où je relevais ses oreillers, il s'était jeté sur moi.

— Je me suis débattue, cet homme me dégoûtait, il essayait de m'embrasser, j'ai pris le tabouret qui servait de table de nuit, et j'ai frappé, frappé...

— Et le corps, si ce n'est pas indiscret, vous l'avez mis où?

— Je l'ai... je l'ai jeté dans le canal.

— Comment l'avez-vous transporté?

— En taxi. Le chauffeur m'a donné un coup de main.

Le plus jeune des policiers fronça le nez. J'essayai de rendre mon histoire plus vraisemblable en racontant comment j'avais enveloppé Boris dans des sacs à gravats, mais je voyais bien qu'en forçant sur les détails je perdais en crédibilité. Il me vint alors à l'esprit qu'une autre mort pouvait retenir l'attention des policiers.

— Cat Pozzuoli, avançai-je, ça vous dit quelque chose? Elle s'appelait aussi Catherine Claire...

Je me sentais comme un animateur de télévision qui multiplie les pirouettes pour maintenir son taux d'audience. Il y eut un acquiescement général. Le trio affirma sa position.

— Vous connaissiez Catherine Pozzuoli? demanda la femme.

— Oui, son meurtre, c'est moi aussi.

Il y eut un silence prudent. La femme sortit un carnet de sa poche intérieure. Les deux policiers se tenaient prêts à intervenir. Ils me rappelaient les militaires postés dans le métro. Je racontai comment, par jalousie, j'avais été trouver Catherine après son intervention dans la cour de la bibliothèque. Je décrivis le podium, les fanions en tissu, le Café des Charmes et ses toilettes, et son placard à compteurs. J'inventai dans les creux. Tout s'enchaînait à merveille. À mesure que je parlais, mon corps se détendait. J'avais l'impression de déplier mes jambes après un long voyage. J'étais la seule à pouvoir faire cela, me charger, me livrer, et, par ce simple mouvement de bascule, te délivrer de la malédiction familiale. J'étais arrivée dans ta vie comme Boris dans celle de Cat — à la différence près que toi, tu m'aimais. Je ne me dévouais pas, non, je n'étais pas une sainte, je mettais juste de l'air entre toi et Tom, entre toi et ta famille, entre nous et la mort. De l'air qui sortant de ma bouche transportait des mots. Je me sentais investie d'un pouvoir qui me dépassait. Je me plaçais dans la marge, en amorce, absolument nécessaire et effacée pourtant, retournée contre la terre, montrant au monde ma face d'ébène. Au fil des fausses confidences, je redonnais un sens à notre vie. Je retrouvais intact le désir de te prendre dans mes bras, de te prendre dans ma bouche, l'envie de me perdre en toi. Bientôt nous serions de nouveau ensemble, loin de tout cela. Il y aurait peut-être un procès, des arrestations, des confrontations. Le serveur du Café des Charmes reconnaîtrait sa méprise. Mes anges gardiens du jardin public témoigneraient en ma faveur. Mon ancien patron répéterait qu'il l'avait bien dit : je n'étais pas dans mon état normal le jour où j'avais quitté mon emploi. Soudain, quelque chose grinça. Le vent, commenta l'un des policiers qui avait passé son nez dehors. La grille, pensai-je. Vous étiez descendus pendant que je parlais. Pour vous laisser le temps d'arriver jusqu'au taxi, je racontai encore comment j'avais abandonné mon travail, après la mort de Catherine. Et comment, jour après jour, je m'étais laissée sombrer.

— Et vous avez des preuves de ce que vous avancez ?

— Je peux vous dire d'où vient le tube de rouge à lèvres qu'on a retrouvé sur Catherine, ça vous suffit ?

La femme hocha la tête. Mon assurance l'impressionnait.

— Je l'ai acheté à Soisiel-Chapegrain, dans la pharmacie du quartier des Hortensias. Je vous donnerai l'adresse exacte, ce sera facile à vérifier.

J'imaginai la tête de M. Pozzuoli quand la police débarquerait pour saisir son stock de rouges à lèvres.

La femme rangea son petit carnet. Elle semblait exténuée. Les policiers me demandèrent de les suivre, ils allaient me passer les menottes mais la femme d'un geste les en dissuada. Elle ordonna au plus jeune d'aller faire un tour au premier étage et de nous rejoindre à la voiture. Je marchai en regardant par terre. Alors que le policier s'installait au volant, je me baissai pour lacer mes chaussures. Un instant j'eus la tentation de croire à mon scénario. J'allais passer quelques mois à l'ombre, quelques années entre parenthèses. J'en profiterais pour reprendre mes études. Ma tante m'enverrait des lettres d'Argentine. Kristen m'apporterait des livres. À ma sortie de prison, elle m'aiderait à trouver du travail. Il y a toujours de la place pour des filles comme moi qui savent compter, classer, et se servir d'un ordinateur. Il suffit de se laisser appeler par son prénom, Domino, ma petite Domino, ce n'est tout de même pas sorcier.

Le policier avait attaché sa ceinture. La femme n'arrêtait pas d'éternuer, elle devait être allergique aux moisissures. Je ne sais pas ce qui m'a pris, la perspective de te serrer dans mes bras, l'idée de me réveiller à tes côtés, j'ai profité de ce qu'elle se mouchait pour la bousculer. Je me suis mise à courir de toutes mes forces. J'avançais le plus droit possible, contournant les pavillons, escaladant les murets, et très vite je suis arrivée près des tours du quartier piéton. Il me sembla entendre une sirène de police, mais peut-être n'était-ce qu'une illusion, le sang qui battait dans mes oreilles. Une passerelle métallique menait à la station de métro. Les trains ne circulaient pas à cette heure de la nuit. Un bus était stationné au pied des escaliers. Je montai, sans regarder la destination.

Le chauffeur me dit que j'avais de la chance, et il démarra.

28

J'aurais aimé que Kristen parte avec nous, mais qu'aurait-elle fait à Buenos Aires? C'est elle qui me persuada de téléphoner aux parents de Silvio. M. Pozzuoli décrocha. Je ne lui laissai pas le temps de me mentir.

Je sais tout, improvisai-je, nous savons tout.

Comment vous avez aidé Tom à tomber dans l'escalier, son corps était si léger, si instable, il a suffi d'un rien, un petit coup de pouce au destin, pour Boris Melon ça n'avait pas été aussi rapide, mais le geste était resté anodin, en apparence — de semaine en semaine, augmenter les doses, à la demande de l'intéressé (qui vous le reprocherait? Vous étiez pris au piège, encerclés), puis il y avait eu Catherine — là, c'était un peu différent, il s'agissait d'un accident. Un pion après l'autre, qui oserait vous accuser? Bien sûr, tout le monde aurait préféré que Catherine abandonne l'idée de publier son journal, qu'elle y renonce *pour son bien.* Cat pouvait compter sur sa famille, on lui aurait donné de l'argent, n'est-ce pas, de quoi manger, de quoi louer un bel appartement, ou une maison à la campagne, ses parents lui demandaient une seule chose en échange : qu'elle se taise.

En dépit de toutes leurs propositions, Catherine s'était obstinée. Elle avait poussé la provocation jusqu'à lire un passage de son manuscrit en public — son père s'était senti obligé d'intervenir, pour marquer le coup, il n'était pas un homme à fuir ses responsabilités. Il avait saisi sa fille par les épaules, il avait secoué un peu, juste pour l'intimider, lui faire comprendre qu'elle n'était pas seule au monde. Il n'avait pas prévu qu'elle se débattrait aussi violemment. Pas pensé que sa tête irait heurter le distributeur de serviettes. Prise de panique, sa femme avait sorti son rouge à lèvres, quoi de plus naturel pour maquiller un crime, c'est elle qui avait eu le réflexe de baisser la jupe (on croirait à une de ces horribles mascarades du Coupe-File). Il avait fallu porter le corps jusqu'au placard à compteurs, effacer les traces de sang, les empreintes, et le temps de tout remettre en ordre, le Café des Charmes avait fermé. Impossible de récupérer le sac de Catherine, impossible de détruire les manuscrits…

M. Pozzuoli, à l'autre bout du fil, m'avait écoutée sans broncher. Puis il avait nié, en bloc, et très calmement. Comme je ne savais plus quoi dire, il m'avait demandé ce que je comptais faire.

Raccrocher, avais-je répondu, et je m'étais exécutée.

Le soir même nous prenions l'avion pour Buenos Aires. Nous partions en cavale, sur une ligne régulière. Silvio était peut-être coupable, après tout, mais Silvio n'existait plus, il avait changé d'identité — la photo sur son nouveau passeport lui ressemblait beaucoup, les douaniers n'avaient pas douté un seul instant que l'homme qui se tenait devant eux s'appelait Luc Moulin, qu'il était né à Brives sans aucun signe particulier. Mes cheveux avaient retrouvé leur couleur initiale. Ils étaient tirés en arrière, gominés, ma tante s'était chargée de me faire une nouvelle tête — sa spécialité. Juste avant de passer la porte d'embarquement, elle s'était arrêtée devant une cabine téléphonique. Elle avait composé le numéro de la police et annoncé, en déguisant sa voix, qu'une bombe allait exploser dans les sous-sols du lycée. C'était son idée fixe, depuis que nous avions décidé de partir : ma tante ne voulait pas quitter la France sans avoir sorti Boris Melon de son tas de charbon. Son corps devait être rendu, disait-elle, à sa vie de mort, il méritait une vraie sépulture, et pour s'en assurer elle avait envoyé aux parents de Boris un mandat anonyme qui couvrirait largement les frais occasionnés par ces obsèques tardives. Il y aurait du marbre et des fleurs. J'avais profité de l'occasion pour avouer à ma tante que Panidjem avait été vendu — et que j'étais seule responsable du cambriolage de son appartement. Cette nouvelle la mit de bonne humeur. Elle me félicita d'avoir réussi à en tirer une si belle somme. Au moins, nous aurions de quoi voir venir — encore une expression de ma mère, voir venir.

Nous avions très peu de bagages, nous ne voulions pas attirer l'attention des autorités. C'est moi qui portais les manuscrits de Catherine. Kristen s'était renseignée. Ils ne pourraient être publiés qu'avec l'autorisation écrite des Pozzuoli — autant dire que, sans notre intervention, le journal resterait dans les tiroirs. Nous en avions longuement parlé avec Silvio. Finalement, nous avions décidé d'envoyer le texte dactylographié à plusieurs éditeurs, en le signant de mon propre nom. Il nous suffirait de modifier le passage lu dans la cour de la bibliothèque pour que personne ne fasse le rapprochement entre les textes obscurs de Catherine Claire et cette longue confession. Pas un instant nous ne doutions de l'intérêt des éditeurs — et l'avenir nous prouverait que nous avions raison. (Des centaines, des milliers de lecteurs en posant leur regard sur les pages imprimées rendraient au petit Tom sa place dans le monde. Un livre, disait ma tante, mieux qu'une tombe.) Plus pratique à transporter. En attendant, nous allions monter dans l'avion et, lentement, nous éloigner de la terre. L'histoire garderait sa part d'incertitude, ses pièces sombres, retournées. Je serrai dans ma main la gourmette de Tom. Je ne l'avais pas montrée à Silvio. Nous n'avions pas besoin de preuve, pas besoin de vengeance. Nous avions besoin de nous consoler.

DU MÊME AUTEUR

Aux Éditions Gallimard

SIRÈNE, *prix de l'Académie française et de la Société des Gens de Lettres 1985* (Folio n° 3415)

LA GIRAFE (Folio n° 2065)

ANATOMIE D'UN CHŒUR (Folio n° 2402)

L'HYPNOTISME À LA PORTÉE DE TOUS (Folio n° 2640)

LA CARESSE (Folio n° 2868)

CELUI QUI COURT DERRIÈRE L'OISEAU (Folio n° 3173)

DOMINO (Folio n° 3551)

LA NOUVELLE PORNOGRAPHIE

Gallimard Jeunesse

UNE MÉMOIRE D'ÉLÉPHANT, illustrations de Quentin Blake

Aux Éditions Balland/Maison des écrivains

MINA PRIŠ (dans LE VOYAGE À L'EST)

Composition Bussière
et impression Bussière Camedan Imprimeries
à Saint-Amand (Cher), le 21 juin 2001.
Dépôt légal : juin 2001.
Numéro d'imprimeur : 12671-012115/1.
ISBN 2-07-041709-3./Imprimé en France.

98415